COME AMARE UN COWBOY

JESSA JAMES

Come amare un cowboy: Copyright © 2019 di Jessa James

Tutti i diritti riservati. Nessuna parte di questo libro può essere riprodotta o trasmessa in alcuna forma con nessun mezzo elettronico, digitale o meccanico, incluse, ma non solo, attività quali fotocopie, registrazioni, scanner o qualsiasi altro tipo di raccolta di dati e sistema di reperimento di informazioni senza il permesso esplicito e scritto dell'autore.

Pubblicato da Jessa James,
James, Jessa
Come amare un cowboy

KSA Publishing Consultants, Inc.

Cover design copyright 2017 by Jessa James, Author
Images/Photo Credit: Deposit Photos: aarrttuurr

Nota dell'editore:
Questo libro è stato scritto per un pubblico adulto. Questo libro potrebbe contenere scene sessuali esplicite. Le attività sessuali incluse nel libro sono pure fantasie per adulti e ogni attività o rischio corso dai personaggi della finzione nella storia non è né approvato né incoraggiato dall'autore o dall'editore.

INFORMAZIONI SU COME AMARE UN COWBOY

Pete

La Tenuta Killarny si sta preparando per il Derby fra la famiglia Waters. Ricordo ancora la piccola Sara Waters e il modo in cui mi aveva afferrato e baciato nella stalla della proprietà dei Waters quando aveva 10 anni. L'ultima volta che l'avevo vista era quando stavo ancora con la mia ex moglie, Kelly. L'unica cosa buona di quel matrimonio era stata mia figlia, ora dodicenne. Da allora non avevo più avuto una relazione stabile.

Quando Sara si è presentata al ranch per dirmi che suo padre non permetterà ai Killarny di partecipare al derby, che stiamo facendo qualcosa di illegale, beh, diciamo che non l'ho presa molto bene. Non esiste proprio che non parteciperemo, non esiste proprio, non riesco per nessuna ragione al mondo a stare lontano da quel corpicino eccitante.

Sara

Le istruzioni di mio padre erano chiare: dì ai Killarny che non possono gareggiare. Le nostre famiglie hanno una lunga storia alle spalle, e mi rifiuto di dirglielo al telefono, quindi guiderò verso la tenuta per dirglielo di persona. Ma Pete Killarny si rifiuta di accettare la decisione di mio padre. A chi dovrei credere: a mio padre che si è da sempre preso cura di me o al cowboy sexy che amo da quando avevo 10 anni?

Se le fantasie ambientate in fienili e campi di grano unite al pensiero di una famiglia di fratelli ECCITANTI ti elettrizzano, allora continua a leggere...

CAPITOLO 1
PETE

Chiusi il libro mastro e mi appoggiai alla morbida pelle color ciliegia della sedia accanto alla scrivania. Chiusi gli occhi e mi sfregai le tempie, pensando a quanto le cose fossero più semplici quando c'era mio padre a gestire la Tenuta Killarny. Non che fosse qualcosa a cui non mi ero abituato nel corso degli anni. Essendo il più grande dei cinque fratelli Killarny, era prevedibile fin dalla nascita che sarei stato io a occuparmi della gestione quotidiana del ranch. Se tutti i fratelli erano soci alla pari nel gestire il ranch, io ne ero il vero responsabile. Lo si poteva chiedere a chiunque. Così come ero io colui al quale mio padre aveva voltato le spalle quando a mia madre, Emily Killarny, era stato diagnosticato il cancro al seno.

Su richiesta di mia madre, assunsi altri compiti che fino ad allora aveva svolto mio padre. La maggior parte di questi avevano a che fare con gli affari, quel genere di cose che non catturava la mia attenzione rispetto al lavoro tranquillo e meditativo con i cavalli, ma sapevo cosa bisognava fare. Soprattutto, non volevo deludere mia madre.

Emily Killarny era dura con sé stessa, ma aveva un cuore

buono e gentile e, soprattutto, amava i suoi figli. Avevo capito di occupare un posto speciale nel suo cuore quando aveva fatto di tutto per essere la miglior nonna che Emma potesse avere. In quel periodo mi sentivo abbattuto e solo, crescevo una figlia di due anni senza nessuno al mio fianco, perché la mia ex moglie, Kelly, un giorno aveva deciso che la maternità e la vita matrimoniale non facevano per lei. I miei genitori erano stati così gentili con noi nei giorni successivi a quell'abbandono, e gliene sarei stato per sempre grato. Specialmente mia madre, lei aveva fatto tutto il possibile per assicurarsi che Emma si sentisse al sicuro e amata dopo l'improvviso abbandono della madre.

Fino ad allora le mie maggiori responsabilità erano state di prendermi cura dei cavalli, qualcosa che ancora amavo e desideravo fare a tempo pieno, ma essendo il più grande e dal momento che mio padre si era trasferito in Costa Rica, sapevo di dover assumermi quelle responsabilità. La morte di mia madre, tre anni prima, aveva colpito il capo famiglia, il quale, dopo aver sofferto un grave attacco di depressione, alla fine aveva deciso di cambiare radicalmente la propria vita. Uno di quei cambiamenti includeva lasciare gli Stati Uniti e trasferirsi in un territorio più caldo, lasciando le verdi colline del Kentucky alle sue spalle per sole e sabbia. Certi giorni non potevo fare a meno di sentirmi un po' geloso di quella scelta, ma sapevo che il mio cuore sarebbe sempre stato qui, ovunque fosse Emma.

Aprii di nuovo gli occhi e guardai per un momento lo schermo del mio computer prima di alzarmi e dirigermi verso la porta, afferrando la giacca senza fermarmi. C'era ancora un brivido freddo nell'aria all'inizio della stagione primaverile in Kentucky, ed era rinvigorente uscire all'aria aperta la mattina, respirando il fresco odore di erba e il profumo meno piacevole che aleggiava dal fienile più vicino.

L'odore del letame di certo non piaceva a molti, ma, per me, era un ricordo della mia casa ed infanzia.

Respirai quell'aria e raggiunsi le stalle dove mio fratello Alex stava spazzolando il pelo di una cavalla di due anni.

"È bellissima," dissi posizionandomi dall'altra parte della porta della stalla.

Alex annuì. "Già, Siobhan è proprio stupenda." Accarezzò il pelo color ruggine che, con una lucentezza brillante, catturò il sole del primo mattino, facendo sembrare il cavallo una moneta di rame.

"Pensi che la faremo correre l'anno prossimo?" Gli chiesi guardando il cavallo dal naso alla coda. Era bellissima, ma non ero sicuro che fosse uno dei cavalli che avremmo portato ai tanti derby in cui gareggiavamo.

Alex scrollò le spalle. "Non sono sicuro. Non è molto allenata, e penso proprio che se avessimo deciso di portarla, avrebbe dovuto esercitarsi un po' di più a questo punto della sua vita. Penso che sia un grande cavallo, ma non sono sicuro che la vita da corsa sia adatta lei. Comunque, penso che ci darà molti puledri di talento."

Alex era probabilmente il più silenzioso dei miei fratelli, quindi sentirlo parlare così era un po' strano. Le uniche occasioni in cui Alex parlava molto erano quando si trattava di un cavallo. Solitamente di poche parole e introverso, era sicuramente, fra noi, quello che sussurrava di più ai cavalli e il più coinvolto nell'addestramento degli animali qui al ranch. Era così in sintonia con i cavalli che la sua bravura tornava molto utile per aiutare le persone ad abituarsi ai cavalli non addestrati. Mentre la maggior parte dei nostri cavalli era stata allevata lì al ranch, avevamo tenuto un gruppo di pony selvaggi dei Dakota su un appezzamento di terra recintato e separato dagli altri. La casa di Alex era da quelle parti e visitare quella zona del ranch sembrava come entrare in una giungla. Ora capivo perché i miei genitori gli avessero dato quel terreno al momento della spartizione. Si adattava perfettamente alla personalità di mio fratello minore, lui che non era mai più felice di quanto potesse esserlo tra i cavalli selvaggi.

"Sua madre è Spring, vero?" chiesi.

"Sì, e suo padre era David's Lariat"

Lariat era stato uno dei preferiti di Alex. Un cavallo che mio padre aveva comprato da un ranch del Colorado quando eravamo ancora piccoli, il cavallo era un mostro di animale a quel tempo. Era più alto di tutti gli altri, ma riusciva a essere più veloce di quasi ogni cavallo che pesasse anche la metà di lui. Era una meraviglia e aveva dato alla luce molti dei nostri cavalli più veloci. Lariat era morto solo un anno prima, ma avevamo ancora alcuni dei suoi figli in giro per il ranch, e probabilmente, per i decenni a venire, avremmo ancora sentito la sua influenza sui nostri cavalli da corsa.

"Beh, anche se non ha intenzione di correre per noi, è una bellissima cavalla, e sono sicuro che ci darà almeno un paio di grandi corridori."

"Cosa stai facendo?" chiese Alex mettendo via il pennello e uscendo dalla stalla per venire verso di me.

Scrollai le spalle. "Avevo solo bisogno di uscire dall'ufficio per un po'."

"Di già?" guardò il suo orologio. "La giornata è appena cominciata! Perché non assumi qualcuno che si occupi di ciò che a te non piace? Dopotutto servono a questo i contabili. Ti permetterebbe di fare una pausa e di tornare a stare qui con i cavalli, nel luogo in cui vuoi essere."

Alex era perspicace, e non soltanto con i cavalli.

"Sì, beh, potrei farlo dopo le prossime due corse. Ora ci sono troppe cose in ballo per affidarmi a qualcuno di totalmente nuovo."

Mio fratello sospirò e scrollò le spalle. "Come vuoi. Ma

non aver paura di chiedere un piccolo aiuto qualora ne avessi bisogno."

Gli diedi una pacca decisa sulla spalla e proseguii dritto attraverso le stalle, oltre le scuderie che ospitavano i nostri numerosi cavalli. Alcuni dei nostri allevatori portavano dei cavalli al pascolo per farli brucare, mentre altri erano diretti verso l'arena e la nostra pista per l'allenamento. Uscendo dall'altra parte dell'enorme stalla, vidi Emma in cima al suo cavallo, Saoirse.

"Come va, signorina Emma Lou?"

Emma mi guardò accigliata, e potei vedere le sue sopracciglia aggrottarsi sotto l'elmetto. Sapevo che mi odiava quando pronunciavo anche parte del suo secondo nome, Louise, ma continuavo a ripetermi che prima o poi lo avrebbe trovato accattivante, così non demordevo.

Lei gettò la testa all'indietro. "Saoirse ed io siamo usciti per la nostra corsa mattutina. Stavo per riportarla nella stalla per poi andare a scuola. Hetty è ancora qui?"

Scossi la testa. "Non c'era quando sono uscito di casa, ma molto probabilmente ora sarà arrivata. Meglio sbrigarti, non vorrai essere in ritardo."

Mia figlia dodicenne mi sorrise dall'alto del suo cavallo e si diresse verso la stalla prima di scendere. La osservai guidare il suo giovane cavallo nella stalla e non potei non notare quanto stesse cominciando a somigliare a sua madre. Non era una brutta cosa, ma mi chiesi come si sarebbe sentita Emma guardandosi allo specchio e iniziando a notare quella somiglianza che condivideva con la stessa donna che ci aveva abbandonato quando lei ancora gattonava.

Mi diressi verso il pascolo, ripensando al periodo subito dopo l'abbandono di Kelly. Per me fu un fulmine a ciel sereno quando successe, ma poi, quando ebbi un po' di tempo per rifletterci, capii che non c'era da sorprendersi. Ci eravamo sposati subito dopo aver completato il liceo e i miei genitori si erano opposti fin da subito alla nostra unione. I genitori di Kelly erano imprenditori in una città vicina, e il nostro matrimonio era di quelli che finiscono sui giornali locali. Il nostro corteggiamento era stato breve: eravamo alla fine delle superiori e, dato che ero un idiota, avevo chiesto a Kelly di sposarmi non molto tempo dopo il diploma. Ci eravamo sposati e trasferiti in una casa qui nel quartiere di Killarny, e poi i primi due anni erano stati tremendi.

Kelly era selvaggia e guardandomi indietro mi rendevo conto che era un po' troppo selvaggia per me. All'epoca non ci avevo fatto caso e, abituati alla semplice vita di coppia, prendevamo sotto gamba il fatto che stessimo entrando in un nuovo mondo che includeva molte nuove responsabilità. A quei tempi passavamo i fine settimana in giro per i bar della città, prima di tornare alla privacy della nostra casa al ranch e darci dentro come conigli. Non mi sorprese il fatto che Kelly fosse rimasta incinta ed io ero felicissimo, ma lei non sembrava molto entusiasta. Si abituò all'idea pian piano, e, quando Emma nacque, riuscii a vedere nei suoi occhi l'amore per nostra figlia.

Ma le cose non tornarono mai davvero alla normalità. Kelly non mi guardava più come prima, e io cercai di incoraggiarla ad andare da un dottore per capire se si trattasse della depressione post partum, ma lei non mi ascoltò.

Una sera tornai a casa e mi accorsi che tutte le cose di Kelly erano sparite, c'era un bigliettino sul tavolo della cucina e Emma che piangeva nel suo box. Presi in braccio mia figlia, afferrai il biglietto e, in lacrime, lessi quelle parole, mentre Emma tirava su con il naso e affondava la testa contro la mia spalla. Kelly era sparita. Nella lettera si scusava, diceva che stava andando in California insieme ad un suo amico, Bud, per inseguire il suo sogno di diventare un'attrice.

Bud era il ragazzo che aveva frequentato prima di me al liceo e improvvisamente ricollegai tutto. Da quel giorno non la vedemmo o sentimmo più, a parte per qualche cartolina di Natale o dei regali di compleanno per Emma negli anni in cui se ne ricordava, regali che tuttavia erano pochi e pochi nel tempo.

Per quanto ne sapevo, Emma non aveva un vero e proprio ricordo di sua madre. Questo mi rendeva triste, ma mi chiedevo se fosse positivo che non si accorgesse di cosa si stesse perdendo. Se Kelly fosse rimasta ancora un po' con noi, abituare Emma a non avere sua madre al proprio fianco sarebbe stato ancora più difficile.

Ero così grato ai miei genitori per il sostegno che mi avevano dato in quel periodo, specialmente a mia madre. Aveva fatto tutto il possibile per essere la figura materna nella vita di mia figlia, ma non aveva mai smesso di insistere che avrei dovuto rimettermi in gioco e di cercare di farmi uscire con qualche ragazza, ricordandomi costantemente che ero ancora giovane e che là fuori, se fossi andato a prendermela, avrei di nuovo trovato la felicità.

Il suo ultimo tentativo era stato solo pochi anni prima che morisse, quando avevo assunto per la prima volta Hetty Blackburn, un'insegnante locale, come tutor di Emma. Il ranch era decisamente fuori mano, e ci voleva una bella camminata per arrivare alla scuola più vicina, così avevo deciso di farla studiare a casa. Avrebbe avuto modo di essere più vicina ai cavalli e di studiare coi suoi ritmi, i quali erano molto più veloci rispetto a quelli dello studente medio delle elementari, a detta di Hetty.

Hetty era una donna carina e molto dolce. I suoi capelli neri e gli occhi azzurri formavano una sorta di combinazione ammaliante difficile da ignorare, ma non potevo ancora frequentarmi con una donna; né allora e nemmeno adesso, anche dopo 10 anni da quando Kelly è andata via.

Anche se fino ad oggi non avevo mai rifiutato categoricamente di uscire con lei, Hetty partiva già con un grosso punto a suo sfavore: conosceva mia figlia.

Mi appoggiai al recinto bianco brillante e osservai un gruppo dei nostri cavalli giocare insieme nel campo bagnato dalla rugiada e cosparso di trifogli. Il posto era ancora più pittoresco del solito sotto quella luce. La tenuta di Killarny era davvero qualcosa di cui andare fieri, ed ero così felice di avere il privilegio di far parte di un ranch lungo quattro generazioni, il più grande del Kentucky, e adesso ero ancor più orgoglioso, a tutti gli effetti, di dirigere il posto.

Una regola che avevo stabilito per me stesso era che, finché non avrei avuto la certezza di potermi fidare di una donna, lei non avrebbe mai incontrato mia figlia. E poiché non ero dell'umore giusto per iniziare a uscire seriamente con qualcuna, nessuna storia si era mai nemmeno lontanamente avvicinata a quello stadio. Certo, ero stato con delle donne dopo Kelly - troppe per poterle contare – ma solo per una botta e via. Non ero mai uscito con nessuna donna che pensavo potesse cercare qualcosa in più di ciò che cercavo io, perché certo, anche io avevo un cuore. Ma non riuscivo a fidarmi, pensavo che nessuna sarebbe riuscita a darmi più di quel che cercavo in quel momento. Era sesso, puro e semplice sesso, anche se raramente era davvero puro o semplice. Lo facevo per scaricarmi, per scopare, per sentirle gridare il mio nome e poi andarmene tranquillamente. L'unica volta in cui stavo davvero per portare a casa una ragazza fu con la figlia dei Lawrence con la quale ero tornato fino al ranch, ma senza mai abbandonare il mio furgone. Eravamo arrivati fino al bosco dei noci quando accostai e la scopai lì, nell'abitacolo del mio pick-up. Dopo aver finito, rigirai e la riportai a casa sua. Ma quella era stata l'ultima avventura, e ormai era passato molto tempo.

Non c'era bisogno di complicarmi la vita più di quanto

non lo fosse già, e certamente non avrei fatto conoscere nessuna di queste donne a mia figlia. Le avevo già causato abbastanza dolore con le mie discutibili scelte, e non avevo intenzione di causargliene dell'altro.

Mio fratello maggiore, Jake, salì sul suo stallone e fermò il cavallo a pochi passi da me.

"Ti metti in mostra?" chiesi guardandolo e alzando un sopracciglio.

Scese dalla sella e diede una pacca al cavallo. "Questo bastardo è pronto per correre!"

Clement sembrava assolutamente pronto. I suoi occhi erano selvaggi, ma si vedeva che era felice dopo la sua corsa mattutina con Jake.

"Pensa quanto sarà veloce con un fantino sopra di lui!"

Annuii. "Lo porteremo alla corsa dei Waters, giusto?"

"Già, fra un paio di settimane."

Ricordai a me stesso di dover tenere d'occhio il calendario. C'era ancora molto da fare in quelle due settimane, e non eravamo sicuri di quanti cavalli avremmo fatto gareggiare. Clement era certamente in cima alla lista, ma sapevo che dovevamo avere qualche riserva. La tenuta di Killarny era sempre stata al top nella produzione di alcuni dei cavalli da corsa più veloci del paese, ma da quando mio padre aveva fatto le valigie e se n'era andato in Costa Rica, sembrava che avessimo perso un po' del nostro vantaggio. Non avevo idea di cosa avesse papà che noi ancora non avevamo, a parte quarant'anni di esperienza. Quello che sapevo era che per noi era fondamentale vincere questo derby. Le cose non andavano molto bene, e se avessimo voluto dare una svolta e mantenerle come sempre, o se avessimo mai avuto qualche speranza di rendere Killarny la miglior tenuta, dovevamo vincere il derby dei Waters.

"Vieni?" mi chiese Jake mentre si scostava i capelli

bruno-rossastri dal viso e si asciugava la fronte con la manica.

Lo guardai disorientato. "Certo che vengo!"

Lui scrollò le spalle. "Non comportarti come se fosse scontato. Non ci vieni da anni."

"Sì, beh... ora non ho scelta, non credi? Papà è ancora in Costa Rica, e non so quando abbia intenzione di tornare, quindi devo venire per rappresentare il ranch. E penso che ad Emma piacerà il viaggio in Tennessee, quindi sì, ci sarò."

"Non sei nervoso, vero?" Jake mi fece l'occhiolino e io aggrottai la fronte in risposta.

"Perché dovrei essere nervoso?"

"Perché" cominciò, fermandosi per sputare a terra. "La piccola Sara Waters sarà lì. Mi chiedo se ti starà sempre attorno, come quando eravamo bambini."

Alzai gli occhi al cielo. "Sara Waters avrà trent'anni adesso. Sono sicuro che abbia di meglio da fare che inseguire un uomo di mezza età con una figlia dodicenne al seguito."

"Ehi, non abbatterti fin da subito. Hai tipo solo un anno in più di lei, giusto? Scommetto che muore dalla voglia di farsi un Killarny."

Scossi la testa e tornai verso la scuderia, Jake mi seguì con Clement.

"Allora ha l'imbarazzo della scelta fra gli altri quattro. Diamine, può avere sia Stephen che Sam se li vuole." Mi fermai e mi guardai intorno. "A proposito, dove sono i gemelli?"

Jake scrollò le spalle continuando verso la stalla. "Chi diavolo lo sa. Escono ogni santa sera. Probabilmente dormono ancora."

Sapevo che scherzava sull'ultima frase. Se ci era stata insegnata una cosa da bambini, era che i Killarny si alzavano presto.

"Ok, bene. Devo andare a cercarli. Ti farò sapere per quanto riguarda il derby dei Waters. Dobbiamo organizzarci per arrivarci, ma possiamo riparlarne più in là."

Dirigendomi verso gli altri fienili per trovare i miei due fratelli più giovani, non potei fare a meno di pensare a ciò che aveva detto Jake riguardo a Sara Waters. Non l'avevo più vista da quando eravamo praticamente adolescenti. Dovevano essere passati circa dieci anni. Mi chiedevo come era adesso e se avremmo avuto un po' di tempo per stare soli quando, poche settimane dopo, avrei partecipato al derby di suo padre.

CAPITOLO 2

Sara

"Sara?"

Alzai lo sguardo dagli occhiali da lettura che usavo solo quando lavoravo col portatile. Mi stavano scivolando giù per il naso, allora me li sfilai dal viso e mi sfregai il naso mentre guardavo Elsie, la segretaria di mio padre, in piedi sulla soglia del mio ufficio.

"Sì?"

"Tuo padre vorrebbe vederti. Ha detto che vuole rivedere le ultime cose per il derby."

Certo, come sempre, pensai sorridendo con un cenno ad Elsie. Stava aspettando fino alle ultime due settimane prima del nostro derby per rivedere qualcosa che avevo la sensazione fosse molto importante e che richiedeva la mia immediata attenzione. Era la tipica acrobazia che mio padre tirava fuori in questo periodo dell'anno.

"Arrivo. Finisco solo un paio di cose."

Mio padre si comportava come se il suo ufficio non fosse dall'altra parte del corridoio, proprio di fronte al mio. Di sicuro avrebbe potuto sgranchirsi le gambe con quella breve passeggiata, ma sapevo che non era mai disposto ad ascoltare i miei suggerimenti.

Chiusi il portatile e presi il mio taccuino pieno di appunti sul derby incombente, dirigendomi lungo il corridoio verso il suo ufficio. Trovai mio padre appoggiato allo schienale della sedia, con un largo sorriso e un sigaro che gli pendeva dalla bocca mentre ridacchiava al telefono.

"Bene bene. E che mi dici di quella! Immagino che la vedremo qui tra un paio d'anni. È grandioso, Jameson. Non vedo l'ora di vederti tra qualche settimana. Ti richiamo più tardi." Chiuse il telefono con uno scatto e io scossi la testa, ancora sorpresa dal fatto che quell'uomo si rifiutasse di ricomprarsi un cellulare, tenendosene uno vecchio di dieci anni.

"Quel coso sta per abbandonarti", dissi con un mezzo sorriso.

"Nah, resiste ancora. Non fanno più aggeggi buoni come quelli di una volta. Lo userò fino a quando sarà ora di buttarlo." Picchiettò la punta del sigaro nel posacenere sulla sua scrivania.

"Sai, forse potrei chiamare i controllori della sicurezza sul lavoro per il fatto che fumi qui dentro. Sono sicura che avrebbero qualcosa da ridire sul tuo sigaro quotidiano e sul fatto che la tua dipendente più preziosa sia esposta ad agenti cancerogeni."

Rise. "Tesoro, questo è il vantaggio di lavorare in casa. Sono il re qui. Si fa come dico io."

"Allora puoi dire addio ai tuoi polmoni" dissi grattandomi il naso e scuotendo la mano per scacciare il fumo dall'aria. "Elsie mi ha detto che volevi parlarmi."

Si schiarì la gola e posò il sigaro nel posacenere, un sottile filo di fumo si alzava ancora dalla punta.

"Sì sì. Il derby si avvicina e abbiamo un sacco di cose da fare, e so che sei stata impegnata tanto quanto me."

Feci un sorrisetto ma non dissi nulla. L'idea che mio padre avesse lavorato tanto quanto me per il derby era ridicola. Oltre a telefonare i suoi vecchi amici nei ranch di tutto il paese, non aveva fatto quasi niente. La maggior parte del lavoro era stato lasciato a noi altri e, dal momento che ero la seconda responsabile, quasi tutto il lavoro era ricaduto su di me.

"È sicuramente il periodo dell'anno più impegnativo per noi", dissi annuendo.

Strinse gli occhi e capii che i neuroni nel suo cervello stavano funzionando.

"Odio dover chiederti di fare qualcos'altro, ma ho bisogno che tu faccia una chiamata e ti occupi di una questione per me."

"Di cosa si tratta?" chiesi, chinandomi per vedere cosa stesse guardando sulla sua scrivania. Spinse una cartella verso di me. Era etichettata come "Tenuta Killarny".

"Che è successo con i Killarnys?"

Mio padre fece un respiro profondo. "Ho bisogno che tu dica loro che non faranno gareggiare nessuno cavallo al derby di quest'anno. Né a questo, né al prossimo. Mai più."

Lo guardai a bocca aperta. "Perché dovresti squalificare i Killarnys dal derby?! Hanno un rapporto di vecchia data con noi, il più lungo di tutti, e sono un'attrazione preziosissima. La gente viene da ogni parte del paese per vedere quali cavalli dei Killarny corrano ogni anno. Papà... dovrai dare una spiegazione valida per questa scelta."

"Ho le mie ragioni," disse con fare sospettoso mentre prendeva di nuovo il sigaro.

Mi misi a braccia conserte e mi appoggiai allo schienale

della sedia. "Beh, dovrai rivelarmele prima di concludere una delle relazioni più solide che abbiamo con una scuderia. Non pensi che ci saranno importanti ripercussioni?"

Lui scrollò le spalle. "Ascolta, Sara. C'è tanto di cui non sei a conoscenza. Ho avuto dei sospetti su di loro per un po', e voglio soltanto fare le cose alla luce del sole."

"Alla luce del sole?" Ero confusa. Avevo sempre saputo che i cavalli della tenuta Killarny erano purosangue puliti. Non riuscivo ad immaginare che la famiglia fosse coinvolta in affari loschi. "Cosa stanno facendo? Sono in collusione con qualcuno? Vogliono truccare una gara?" era l'unica cosa che mi veniva in mente, ma mi sembrava molto lontana dalla realtà. Ogni altra ipotesi... sarebbe stata riguardo atti quasi criminali.

"Credo stiano dopando i loro cavalli." Lo disse come un dato di fatto e attese una mia risposta.

"Stai scherzando, vero? Cristo, papà, conosci Sean Killarny da una vita. L'ultima cosa che farebbero è dopare i loro cavalli."

"Le persone lo fanno sempre. Lo sai. Quando poi i test non sono così rigorosi, è ancora peggio! E ho notato alcune cose nel corso degli anni che mi hanno lasciato molto sospettoso. Penso anche che si stiano approfittando di questa relazione da un bel po' e credano di poterla far franca. Beh, ho una notizia per Sean Killarny: ho chiuso con loro. Non voglio avere niente a che fare con i dopatori, e non voglio che mettano in cattiva luce il mio derby. Immagina se si spargesse la voce e si venisse a sapere. La gente sicuramente parlerebbe del rapporto fra le nostre famiglie e poi in tanti controllerebbero il nostro derby. Pensa a tutte le sponsorizzazioni che potremmo perdere, per non parlare della nostra licenza." Respirò profondamente. "No, non posso permettere che continui. Non possono continuare a venire qui se operano in quel modo."

La mia mente girava vorticosamente, cercando di mettere insieme tutti i pezzi. Non potevo credere che mio padre pensasse davvero che i Killarny stessero drogando i loro cavalli, ma aveva ragione – alcuni lo facevano, e se fossimo stati accusati di avere qualche legame con loro la nostra immagine avrebbe potuto subire dei danni.

"Ma ho bisogno di prove... di vedere qualcosa. Non posso semplicemente chiamarli e dirglielo senza..."

"Sara." Mi interruppe e alzò la mano per farmi tacere. "Fidati di me. So cosa sta succedendo lì. Non possiamo assolutamente avere legami con loro. Posso chiamare io se preferisci non occupartene personalmente, ma dal momento che sei tu che sbrighi gli affari giorno dopo giorno, pensavo che sarebbe stato meglio se te ne fossi occupata tu stessa. Ma comunque, se non puoi..." prese il suo telefono.

Scossi la testa. "No, me ne occupo io. Ma non penso sia una cosa che posso fare per telefono. Voglio dire... Papà, hanno già pagato la quota di iscrizione. Dovremo restituirgliela se non vuoi ulteriori problemi. Potrebbero farti causa."

Rise. "Non mi faranno mai causa. So cosa stanno combinando e di sicuro sanno cosa succede fra le mura delle loro stalle. Né Sean né i suoi ragazzi hanno le palle per portarmi in tribunale perché sanno che, se lo facessero, sarebbero loro a finire nella merda fino al collo." Mio padre aprì uno dei cassetti della sua scrivania e tirò fuori un libretto degli assegni. Prese la penna e cominciò a riempire un assegno, riempiendo tutte le caselle disponibili con degli zeri. Firmò col suo nome e mi diede l'assegno. "Ecco, prendilo. Spediscilo per posta."

Sospirai. "Purtroppo credo che questo sia il genere di cose da fare di persona. Sai, dobbiamo andarci piano e trattarli con massima diplomazia e gentilezza. Sono stati nostri amici per molto tempo e, indipendentemente da quello che stanno facendo adesso, sarebbe inappropriato mettere fine a un rapporto decennale per telefono. Domani mi prenderò il giorno libero e andrò fin laggiù per consegnarlo a mano. Allora forse non si creerà troppa ostilità."

Mi alzai e tornai nel mio ufficio, cercando di pensare a come avrei potuto rendere le cose più semplici riguardo alla questione con i Killarny. Se mio padre avesse avuto ragione, avremmo dovuto chiudere la relazione, ma io non volevo assolutamente chiamarli accusandoli di dopare i loro cavalli senza prove. No, dovevo cancellare la loro registrazione e farlo passare come una specie di errore da parte nostra. Poi per l'anno dopo, quando il problema si sarebbe ripresentato, avrei pensato ad una soluzione migliore. Avrei potuto inventare che loro registrazione si era persa nella posta o qualcosa del genere, ma me ne sarei occupata a tempo debito. In quel momento dovevo concentrarmi su come rendermi credibile nel dire tutto ciò che mi sarebbe venuto in mente. E dovevo farlo in modo da non destare alcun sospetto.

Presi il mio telefono, cercai il numero della Tenuta Killarny e composi il numero. Rispose una donna, le dissi il mio nome.

"Il signor Killarny non c'è al momento. Vuole lasciare un messaggio?"

Certo, un messaggio. Ma cosa avrei mai potuto dire a Sean Killarny?

"Potrebbe dirgli che ha chiamato Sara Waters e che mi sto occupando di alcune questioni sul derby? Verrò lì domani pomeriggio se non è un problema. Vorrei parlargli di persona."

"Va bene allora... sembra abbia il pomeriggio libero domani. Se suona il campanello della casa principale quando arriva, lo chiameremo per lei. A domani, signorina Waters"

. . .

Il mattino seguente uscii e guidai per tre ore fino alla tenuta Killarny. Era immersa in una zona con verdi colline ondulate ed era l'allevamento di cavalli più pittoresco che si potesse immaginare. Sapevo di essere quasi arrivata quando vidi la recinzione bianca incontaminata, ma ero ancora a diverse miglia dall'ingresso principale del ranch. Non appena passai sotto l'arco di pietra, fui inondata dai ricordi del periodo che avevo trascorso qui da bambina. A volte, quando mio padre acquistava un cavallo dei Killarnys o faceva affari con loro, venivo qui con lui per tutta la giornata e passavo la maggior parte del tempo a tormentare Pete Killarny, il più grande dei fratelli e quasi mio coetaneo. E ai miei occhi da bimba di dieci anni, era il più simpatico. Allora aveva i capelli biondo sabbia, gli occhi azzurri e alcune lentiggini sparse sul naso. All'epoca io non ero così carina. Ero un po' paffuta, coi capelli crespi, e stavo per mettere l'apparecchio. Poco dopo seguirono anche gli occhiali e non mi sorprese il fatto che, quando diedi a Pete Killarny il mio primo bacio, lui fu molto riluttante.

Riflettei su quel preciso ricordo e sperai di non incontrarlo qui. Certo, erano passati anni da quando era successo e ci eravamo rivisti più volte da allora, ma non cambiava il fatto che quello fu uno dei momenti più imbarazzanti di tutta la mia vita. Pete mi aveva guardato incredulo e un po' scioccato, poi si era girato e se n'era andato dal vecchio granaio dove ci eravamo baciati. Accadde nel periodo in cui stavano visitando il Tennessee in occasione del nostro derby e, ora che ci pensavo, dovevano essere passati esattamente vent'anni. Era passato così tanto tempo. Alla fine io ero cresciuta e mi ero sbarazzata delle stelline, degli occhiali e del grasso, e Pete era diventato un ragazzo molto attraente. L'ultima volta che l'avevo visto, era con una nuova ragazza, e ricordavo come lei si aggrappasse a lui come una sanguisuga in uno stagno durante una calda giornata estiva.

Mi sorprese ricordare quanto fossi gelosa in quel momento. Non conoscevo lei, ma odiavo vedere Pete con un'altra ragazza, nonostante fossero molto affiatati. Lei era davvero meravigliosa, e io non avrei mai retto il confronto con i suoi capelli neri e i suoi occhi azzurri. Era secca come un chiodo e sembrava proprio essere la ragazza che avrebbe finito per sposarsi l'erede di un enorme ranch di cavalli.

"Dio, forse incrocerò anche lei", pensai fermandomi nel piazzale della casa principale. Era una magnifica casa coloniale bianca con enormi colonne e una lampada appesa davanti alla porta principale. Il posto era decisamente sontuoso, ed ero sicura che l'avessero ristrutturato parecchio dall'ultima volta in cui ci avevo messo piede.

Saltai giù dal mio SUV e mi diressi verso la porta principale, suonai il campanello che emise il suono più lungo nella storia di tutti i campanelli e aspettai che qualcuno rispondesse. Una donna di mezza età aprì la porta con un sorriso.

"Come posso aiutarti?" chiese.

Ricambiai il sorriso. "Sono qui per veder il signor Killarny. Ieri ho chiamato e ho parlato con la sua segretaria."

Lei annuì. "Entra pure. Ti accompagno al suo ufficio."

La donna mi condusse dall'atrio principale, con un'ampia scalinata reale perfetta per una sfilata reale, ad un corridoio che portava ad un altro corridoio più piccolo. Aprì la prima porta e mi fece entrare.

"Vado a dire a Pete che sei arrivata," disse chiudendosi la porta dietro e, prima che potessi dire qualcosa, sparì.

Mi guardai attorno sorpresa. Inciso sulla targhetta della scrivania c'era un nome chiaro ed inequivocabile. Pete Killarny. Dov'era Sean? Forse non aveva tempo per parlare con me, e oggi avrebbe lasciato i suoi affari a uno dei suoi figli. Diversi pensieri cominciarono a turbinarmi nella mente, e cercai di calmarmi. Non era un gran problema dover parlare con Pete. Probabilmente era al corrente di tutto sull'attività del ranch, tanto quanto suo padre. Dopotutto, io cosa stavo facendo lì? Mi occupavo degli affari di mio padre.

E al di là di quel bacio dato da bambini, fra me e Pete non c'era mai stato altro. Eppure c'era una sorta di tensione elettrica nell'aria al pensiero di vederlo di nuovo. Era un po' come quando ero andata alla rimpatriata di classe della scuola superiore dopo dieci anni. Naturalmente, quello fu un flop a causa dei social media e del fatto che vivevo ancora nella stessa città in cui mi ero diplomata, ma questo incontro provocava in me lo stesso tipo di nervosismo.

Mi chiesi che aspetto avesse e diedi un'occhiata all'ufficio per vedere se ci fosse qualche foto appesa. Le pareti erano coperte da scaffali pieni di volumi rilegati in cuoio. Sembravano per lo più oggetti classici, o quel genere di cose che si scelgono grazie ad un decoratore di interni. Non sapevo se Pete fosse un gran lettore, ma non mi aveva mai colpito come tale. Quando eravamo giovani lui era l'atleta, il tipo che gli altri ragazzi volevano essere, e il tipo con cui tutte le ragazze volevano fidanzarsi. Tuttavia era meno esplicito al riguardo di quanto non lo fossero tanti altri e sembrava davvero avere un lato dolce e genuino una volta superata la dura corazza esteriore.

Una rapida scansione della stanza non rivelò nulla, e sulla sua scrivania non c'erano tracce di foto. Pensavo fosse strano, e, per qualche motivo, pensavo anche che quello non fosse l'ufficio di Pete.

Aspettai ancora e fissai il ticchettio dell'orologio di suo nonno per svariati minuti, poi sentii il rumore della maniglia della porta. Quando mi girai, vidi che un'altra donna era lì, questa volta molto più giovane e dall'aria un po' incerta.

"Miss Waters?"

"Sì, stavo solo aspettando il signor Killarny... ma pensavo di trovare Sean."

Un'espressione di comprensione si distese sui lineamenti del suo viso. "Oh, mi dispiace. Pensavo sapessi che ora è Pete a occuparsi degli affari. Ma a tale proposito, temo abbia perso il tuo nome nel programma di oggi, e temo sia da qualche parte nella proprietà. Probabilmente si starà occupando dei cavalli. Se vuoi posso provare a chiamarlo..."

Mi alzai e scossi la testa. "No, non c'è bisogno, non preoccuparti. Conosco il posto. Se non ti dispiace, mi faccio una piccola passeggiata e vedo se riesco a trovarlo."

Lei mi sorrise e annuì. "Certo, fai pure."

Mi diressi all'esterno e poi lungo uno dei sentieri che portavano alla stalla principale e ai fienili. La proprietà era enorme e dunque poteva essere ovunque, perciò forse ero stata sciocca a non far fare quella chiamata dalla ragazza. Ma comunque avevo tutto il tempo di fare un tour solitario a piedi nella tenuta dei Killarny.

All'improvviso mi tornò in mente la ragione per cui ero lì. Se mio padre pensava che stessero drogando i propri cavalli, allora probabilmente questo non era il sano ranch a conduzione familiare che mi aveva sempre fatto una buona impressione. Ma non avevo modo di saperlo per certo, e a questo punto non ero sicura di voler cedere alle insinuazioni di mio padre. E poi, non sarebbe stata una bella scena dare l'assegno a Pete, specialmente quando non se lo aspettava.

Entrai nella stalla e la trovai vuota, a parte i diversi cavalli nelle loro stalle. Tutti masticavano tranquillamente il fieno e alzarono a malapena gli occhi per guardarmi. Sorrisi camminando nel mezzo della stalla, ammirando la bellezza degli animali che la famiglia Killarny aveva allevato e cresciuto. Avevano alcuni dei migliori purosangue del paese e la gente pagava fior di quattrini per aggiudicarsi alcuni dei cavalli che provenivano da questo ranch. Essere lì in un momento privato, vicino a quegli animali fantastici, fu un vero piacere che non mancai di assaporare. Non potevo fare a meno di amare i cavalli. Quel sentimento era stato instillato in me fin dalla giovane età e anche dopo il divorzio dei miei genitori, quando ero molto giovane, mia madre si era assicurata che passassi molto tempo anche con mio padre, quindi fui a contatto coi cavalli dal momento in cui cominciai a camminare.

Mi fermai davanti ad una scuderia e lessi la targhetta.

"Ciao, Saoirse. Questi Killarnys amano i loro nomi irlandesi, vero? Beh, sei una bella ragazza, non lo si può negare."

"Posso aiutarti?" Una voce echeggiò dall'altra parte della stalla, e mi voltai per vedere chi fosse. La luce che proveniva dall'ingresso della scuderia avvolse quella persona lì in piedi, trasformandola in una sagoma scura, e non riuscii a capire chi fosse fino a che non si avvicinò un po'.

Pete Killarny. Non era più il ragazzino che avevo baciato, ma non era molto diverso dal giovane che avevo visto l'ultima volta, poco più di dieci anni prima. Adesso i suoi capelli erano più scuri, e le lentiggini erano sparite, ma i suoi occhi erano profondi proprio come lo erano allora. Era diventato più grosso però. Le sue spalle erano più larghe, ed era muscoloso, un po' più massiccio di quando era adolescente. Non più secco, ora camminava con la sicurezza di un ragazzo che era a capo di quel luogo.

E infatti il posto era suo. O almeno una parte di esso.

Ma la parte che mi sorprese, la sensazione più sconvolgente che non mi aspettavo affatto, fu il desiderio immediato di saltargli addosso. Era incredibilmente bello, e mentre ciò non era di per sé una sorpresa, la mia reazione alla sua vista di certo lo era. Dentro mi dicevo di calmarmi e che questa non era la risposta razionale da mostrare quando incontravo qualcuno che non vedevo da molti anni. E poi c'era l'altra questione... quella a cui non volevo pensare, ma che avevo davvero bisogno di affrontare prima che pensassi di placcarlo e supplicarlo di scoparmi lì nella stalla.

Stavo reagendo così perché ne avevo bisogno. Era passato un anno da quando avevo beccato il mio fidanzato Dalton mentre se la faceva con la mia migliore amica, Meg, e avevo annullato tutto. Il matrimonio lussuoso, l'unione che avrebbe suggellato quel tipo di relazione che mio padre desiderava per me. Mandai tutto all'aria nel momento in cui scoprii il peggior tradimento della mia vita.

E da allora non avevo più fatto sesso. Era passato un anno dall'ultima volta che ero andata a letto con qualcuno. Me lo ricordavo perché stava per arrivare la data del nostro presunto anniversario. Avevo beccato Dalton con Meg, e lui era stato con me all'inizio della giornata. Quella mattina, prima che uscisse per andare al lavoro, avevamo fatto l'amore e avevamo deciso cosa fare a cena, ma ero tornata a casa per prendere una cosa che avevo dimenticato e, rientrando, li avevo visti insieme. Quell'episodio aveva rovinato tutto, e cercavo di pensarci il meno possibile.

Ma ora ero qui, di fronte a Pete Killarny, pensando a quanto desiderassi vederlo nudo.

"Ciao Pete... è passato tanto tempo." Risi, ma era chiaro che non aveva idea di chi fossi. "Sono Sara... Sara Waters."

CAPITOLO 3

Pete

Quando entrai nella stalla e vidi quella donna in piedi, di fronte a Saoirse, non riuscii a capire chi fosse. Accecato dalla luce che proveniva dall'ingresso all'altra estremità della stalla, tutto quello che riuscivo a vedere era che aveva un corpo mozzafiato e volevo guardarlo meglio.

Quando si voltò e mi sorrise, riconobbi una scintilla familiare nei suoi occhi, ma feci fatica a capire dove avessi già incontrato quella bella donna. E poi disse il suo nome.

"Che cavolo ci fai qui?" chiesi, realizzando a stento quello che stavo dicendo.

Sembrava spiazzata. "Beh, anche a me fa piacere rivederti, ma non mi sembra questo il modo di salutare qualcuno che non vedi da più di dieci anni."

Mi schiarii la voce. "Io... uh, scusami. È che mi hai colto

alla sprovvista. Non mi aspettavo di vederti qui nel bel mezzo della mia stalla."

"Ho chiamato e ho preso un appuntamento," si acciglió, "ma non ti sei presentato."

Sospirai e mi passai una mano tra i capelli. "Mi dispiace. Non sono ancora abituato a controllare quel dannato calendario ogni giorno. Hanno montato una specie di aggeggio sul mio portatile ma non sono ancora abituato a guardarlo, e a dir la verità mi dà parecchio fastidio che quel maledetto allarme continui a suonare ogni giorno. Non ho ancora capito come sistemarlo, ma prima o poi lo chiederò a qualcuno." Mi appuntai una nota mentale per ricordare di chiederlo ad Emma. Certo, mia figlia di dodici anni sapeva sicuramente come impedire a quell'allarme di infastidirmi.

Ma che ci faceva Sara Waters qui? Non capivo come mai si trovasse qui, nella stalla, in piedi davanti alla scuderia del cavallo di Emma. Vederla lì mi lasciava ancora scosso. Non era più la ragazzina che mi dava il tormento e mi seguiva ovunque da bambini.

Mi sorrideva, e alla fine ricambiai quel sorriso. "Allora, quando è stata l'ultima volta che ti ho vista?"

Incrociò le braccia e si appoggiò a una delle porte della stalla. "Beh, sono passati un po' più di dieci anni. E credo fossi qui per qualche evento. Ti ho visto, ma non abbiamo parlato. C'era una ragazza con te, e se non ricordo male avevate in programma di sposarvi qualche tempo dopo."

Annuii, realizzando il momento esatto in cui mi aveva visto per l'ultima volta. "Ah giusto. Sì, quella era Kelly. Ci siamo sposati."

"E' qui? Posso incontrarla?" Sara sembrava sinceramente interessata.

Scossi la testa e sollevai la mia mano sinistra. "Non siamo più sposati."

"Oh, che peccato. O dovrei dire meglio così? Sei più felice?"

Scrollai le spalle. "Sai come va la vita. Le relazioni vanno e vengono, e Kelly è sparita dalla mia vita tanto velocemente quanto ci era entrata. Mi ha dato una figlia bellissima, e gliene sarò sempre grato. A parte questo comunque... sì, negli ultimi dodici anni sono stato qui, mi sono occupato del ranch, cresco mia figlia ed è così che tiro avanti."

"Wow, beh, sembri proprio un ragazzo impegnato."

"E che mi dici di te?" Non ricordavo di averla vista l'ultima volta che era stata qui, ed era cambiata tanto al punto che era difficile credere che fosse proprio lei, Sara.

Si gettò i capelli castano scuro sopra la spalla e ammirai il marrone profondo dei suoi occhi, accentuato dalle sue ciglia nere e scure.

"Sono andata al college e mi sono laureata. Sono tornata a casa e, da quel momento, ho aiutato e tutt'ora aiuto mio padre. Sono stata fidanzata per un po', ma non è durata molto." Scrollò le spalle, ma notai qualcosa nei suoi occhi quando pronunciò quelle ultime parole. Si capiva anche solo dal suo linguaggio del corpo che quell'argomento era off-limits, ed ero sorpreso che avesse deciso di parlarne.

"Beh, è bello rivederti."

Inclinò la testa verso di me e mi chiese: "Perché non sei mai venuto a nessuno dei derby? Se ci fossi venuto l'avrei saputo. Sei stato troppo impegnato qui?"

Ci pensai per un momento. Nulla in particolare mi aveva tenuto lontano dal derby dei Waters, non è era questo. Un'ombra aveva oscurato quella parte della mia vita per un po' di tempo, e ora non volevo parlarne con Sara. Non avevamo alcuna confidenza, ma la verità era che spesso, nel corso degli anni, avevo pensato a lei quando la sua famiglia era stata nominata. Una parte di me non voleva andare lì e affrontare né suo padre né lei. Molto di quello che era successo con Kelly mi aveva lasciato fortemente scosso, e mi ero confinato nel ranch, senza mai avventurarmi lontano. Il mio lavoro qui mi piaceva, e se non avevano bisogno di me al derby, allora non andavo. Chissà, forse Dio mi aveva dato quattro fratelli per sopperire a quella necessità.

"Sai, spesso saltano fuori degli imprevisti. Ma a dir la verità stavo programmando di esserci al prossimo derby."

Sembrò storcere la bocca in una specie di smorfia, anche se non ne capivo il motivo.

"Ti piacerebbe andare nel mio ufficio e parlarne?"

Sara esitò, ma iniziò a camminare verso l'ingresso della stalla con me. "Non dobbiamo tornare là. Possiamo semplicemente parlare qui allo scoperto se per te va bene."

Le lanciai un'occhiata. "Va tutto bene?" Non la vedevo da molto tempo, ma non ci voleva una laurea per capire che dovesse dirmi qualcosa ma che non voleva sputare il rospo.

Sospirò e rimase lì nella stalla, e io mi voltai per guardarla di nuovo.

"La verità è che le cose non vanno molto bene e ho delle brutte notizie da darti." Sara si guardò intorno, come per controllare se ci fosse qualcun altro nei paraggi.

"Dimmi tutto. Che succede?"

Sembrava seriamente preoccupata, e non riuscivo a immaginare dove volesse arrivare. Forse suo padre era malato? O il derby stava andando a rotoli?

"Non potrai far correre nessun cavallo quest'anno."

All'inizio non realizzai quelle parole. Cercavo di dargli un senso, ma come poteva essere seria? Nel loro derby, ogni singolo anno, c'era sempre stato un nostro cavallo. E questo sarebbe stato il più forte dell'anno. Non poteva aspettarsi che lo lasciassimo in panchina.

"Dovrai darmi una motivazione valida, perché non ho davvero idea del motivo per cui dovremmo starcene in panchina," dissi chiaramente.

Sospirò e alzò gli occhi al cielo. "Ascolta, Pete. Non vorrei farlo e non voglio affatto entrare nel merito di tutto ciò che succede qui, ma mio padre è un po' preoccupato, e pensiamo che sia meglio che voi non facciate parte del nostro evento quest'anno. Preferirei non entrare nei dettagli. Non voglio offendere né te né il tuo operato." Estrasse un assegno dalla borsetta e allungò la mano verso di me. "Ecco... è l'intero importo che avete pagato per la registrazione. Fino all'ultimo centesimo. Non vogliamo che paghiate per una gara alla quale non parteciperete. Prendilo per favore, e sappiate che è con profondo dispiacere che siamo costretti a prendere questa decisione."

Strinsi gli occhi guardandola. "Costretti? Perché? Perché tuo padre ti ha detto di farlo?"

Si preparò e spinse il mento in avanti con aria di sfida. "Sto agendo nell'interesse della compagnia della mia famiglia. È così che vanno le cose, e se questa decisione non ti convince, beh, sono io quella a cui devi rivolgerti, quindi discutiamone qui."

Ridacchiai e guardai l'assegno che teneva in mano. "Seriamente?! Ron Waters manda la sua ragazzina qui per occuparsi dei suoi affari? È un fottuto scherzo!"

"Non sono una ragazzina", ribatté lei, e per un attimo fui colpito dal modo in cui aveva pronunciato quelle parole. Non era affatto una ragazzina. Era una donna, e, se solo pochi istanti prima ero attratto da lei, ora che si comportava con fare autoritario, come se avesse una specie di potere... dovevo ammettere che mi stava eccitando. Ma non le avrei mai permesso di avere la meglio su di me, niente affatto.

"Perché tuo padre non caccia le palle e affronta questa storia come un uomo? Tu sai di cosa si tratta?"

Sara annuì, ma dubitavo fortemente che sapesse del fatto che da molti anni non scorreva buon sangue tra i nostri padri.

Scossi la testa. "Cazzate! E scommetto che quando hai chiesto a tuo padre di darti una spiegazione, lui ha inventato delle balle sul perché non possiamo correre. Forse ci ha anche accusato di aver infranto la legge. Me le aspetterei da tuo padre certe stronzate. Beh, Sara, puoi riprenderti quell'assegno, riportarlo da dove è venuto e dire a tuo padre di ficcarselo su per il culo. Non accetteremo quei soldi. Noi Killarny siamo superiori a certe cose e abbiamo un contratto per questo derby. Se volete impedirci di presentarci prendetevi un avvocato e dì a tuo padre di inventarsi una buona fottuta ragione, una ragione fondata e con delle prove, altrimenti non potrà impedirci di partecipare a quel derby."

Speravo che il mio tono severo bastasse a farla desistere, ma era come un cane geloso del suo osso, e non aveva intenzione di mollare.

"Chiameremo lo sceriffo e gli diremo di te. Non ti lasceremo entrare nella proprietà. Se mio padre dice che hai fatto qualcosa per cui meriti di essere squalificato dal derby, allora mi fido di lui, e non ci sarai." Allungò la mano, prese la mia e infilò l'assegno nel mio palmo, ma prima che si ritirasse le afferrai il braccio e la tirai a me.

"Che cazzo?!" esclamò mentre la stringevo a me. I nostri corpi erano premuti l'uno contro l'altro e mi sentivo come se fossi in fiamme, ogni centimetro della mia pelle bruciava spontaneamente solo per quella vicinanza. Non riuscivo a spiegare l'effetto che stava avendo su di me, ma non volevo che si fermasse.

"No, chi cazzo pensi di essere tu?" Ringhiai, la mia voce era bassa e profonda. "Chi pensi di essere per presentarti al mio ranch, entrare nelle mie scuderie e minacciarmi? Credi davvero al tuo papino? Beh, faresti meglio a credere a questo: è tuo padre che ha un problema. Vuoi sapere di cosa si tratta? Puoi chiederglielo tu stessa. Sono cazzi suoi. Ma non pensare nemmeno per un minuto di poter venire qui a fare certe accuse, sventolandomi un assegno in faccia come se potesse magicamente cancellare anni e anni di gare in quel derby."

Gli occhi di Sara erano come pugnali, e per un momento mi preparai perché pensavo davvero che potesse sputarmi in faccia. Ci deve soltanto provare, pensai. Le avrei fatto vedere io.

"Senti, Pete..." cercò di liberarsi ma io la strinsi più forte, sperando che nessuno entrasse e disturbasse quel momento incredibilmente strano, ma piacevole. Sapevo che da fuori sembrava una cosa dannatamente losca. "Non voglio provocare una lite. Devi solo prendere i soldi e andartene. Non ci saranno altri problemi. Non sono una che cerca problemi dal nulla, ma mio padre ha deciso che non parteciperai. Ti sto dicendo che se tra due settimane ti presenti, troverai gli sceriffi a non farti entrare nella proprietà."

Mi sporsi in modo che le nostre facce fossero a pochi centimetri l'una dall'altra. Volevo baciarla proprio lì, ma sarebbe stato troppo facile. No, lo avrei fatto in seguito, ma per il momento l'avrei lasciata andare.

"Ci deve soltanto provare," dissi lasciando la presa e voltandomi verso casa.

Camminando strinsi i pugni e non mi voltai per vedere cosa stesse facendo. Aveva ancora l'assegno, era questa la cosa importante. Se avesse provato a lasciarlo alla mia segretaria o nella cassetta della posta, lo avrei immediatamente rispedito al padre. Non ci saremmo ripresi quei soldi. Avremmo partecipato al derby. Anche se fosse cascato il mondo noi ci saremmo andati, e niente avrebbe potuto fermarci.

Quel casino era dovuto al rapporto di merda che avevano mio padre e suo padre. Un rapporto di cui nessuno parlava, e mi rifiutai di rimuginare sui dettagli, ma ero fermamente convinto che si trattasse di affari da gestire tra due uomini e non nel modo in cui Ken Waters stava cercando di fare. Era da vigliacchi cercare di scaricare tutto addosso a noi come se avessimo qualcosa a che fare con quello era successo fra di loro tanti anni prima.

La porta a vetri sbatté dietro di me quando entrai dal retro della casa e andai in cucina. Emma era seduta al tavolo della cucina, mangiava qualcosa e faceva compiti. Vederla mi fece passare la rabbia che avevo provato di fronte a Sara. Non avrei mai voluto che mia figlia mi vedesse in quel modo, a prescindere da quanto mi facesse infuriare ciò che mi aveva detto Sara. Per Emma ero una roccia, il punto fisso a cui poteva fare riferimento per ogni tipo di preoccupazione. Volevo che non avesse mai paura di venire da me, qualunque fosse il suo problema.

"Ehi tesoro," dissi, il mio tono si addolcì immediatamente. Sentii il polso rallentare un po' e mi diressi verso il frigorifero per versarmi un bicchiere d'acqua. A dire il vero dopo quella resa dei conti nella stalla avevo bisogno di un cicchetto di whisky, ma avrei aspettato più tardi per quello.

"Ehi papà. Che sta succedendo? Chi era quella signora che è venuta a vederti? Amy ha detto che avevi un incontro di lavoro con qualcuno."

Sventolai la mano in aria con fare indifferente mentre mandavo giù un grosso sorso d'acqua, poi mi asciugai la bocca sul dorso della mano.

"Qualcuno che conoscevo," dissi.

Emma mi lanciò un'occhiata furba. "Qualcuno con cui uscivi."

Per poco l'acqua non mi andò di traverso. "Assolutamente no."

"Perché no?" Chiese Emma. Faceva sempre tante domande e ultimamente queste riguardavano sempre gli appuntamenti. Non sapevo se si trattasse di un qualcosa che magari stava leggendo o guardando in TV, ma la signorina aveva deciso di recente che il fatto che non frequentassi nessuno fosse un problema che lei doveva risolvere.

Scossi la testa. "Ci conoscevamo quando avevamo la tua età. Non siamo mai usciti insieme però. Davvero non era il mio tipo." Pensai all'aspetto di Sara quando eravamo bambini e ricordai la sua buffa risata che era rimasta affascinante anche quando si era messa l'apparecchio.

"Ma ora siete cresciuti. Anche adesso non è il tuo tipo?"

"Credo che questa conversazione si stia spingendo un po' troppo oltre per la tua età. Che cosa ti risulta difficile con questi compiti?"

Lei si accigliò e girò il libro di testo verso di me. "Hetty mi ha fatto lavorare sulla pre-algebra. Non è molto difficile, ma qui ci sono un sacco di x da calcolare."

"Ah di x io conosco solo quelle della parola ex, e mi hanno sempre dato problemi", dissi osservando l'esercizio sul suo quaderno. "Cavolo signorina, ricordo di aver fatto questo tipo di matematica al primo anno di liceo o giù di lì, di certo non prima. Come hai fatto a diventare così intelligente?"

Lei scrollò le spalle. "Sto ancora cercando di capirlo. Lo zio Alex dice che non ha proprio n-i-e-n-t-e a che fare con te."

Scoppiai a ridere. "Grazie per non aver detto parolacce. E tuo zio Alex potrebbe avere ragione per la prima volta in vita sua. Vado nel mio ufficio per lavorare ad alcune cose. Chiamami se hai bisogno di aiuto per qualsiasi cosa, va bene?"

Emma annuì e la baciai sulla testa prima di dirigermi verso il mio ufficio, dove avrei potuto starmene in silenzio coi miei pensieri.

Tuttavia non rimasi in silenzio a lungo perché, appena mi sedetti per controllare il calendario e vedere esattamente cosa avremmo rischiato non andando al derby di Waters, ci fu un tuono fortissimo e poi iniziò l'inevitabile acquazzone. Era primavera nel sud, e le previsioni davano pioggia, quindi non ero del tutto sorpreso. Ciò che però non avevo previsto era il campanello del portone che suonò di nuovo, e mi chiesi chi fosse stavolta.

CAPITOLO 4

Sara

"Parti, dannazione!" Sollecitai la macchina girando di nuovo la chiave nel cruscotto. Era inutile. Il catorcio era morto, e probabilmente avevo allagato il motore a quella velocità. Avevo percorso un miglio sul lungo tragitto che portava alla casa principale della tenuta Killarny, quando il mio SUV decise di concludere lì la sua giornata. Difficilmente sarebbe riuscito a fare il viaggio di ritorno di tre ore se non fosse riuscito a uscire nemmeno dal vialetto.

"Catorcio di merda." Comunque non era un catorcio di merda. Aveva solo pochi anni ed era piuttosto costoso. Era l'auto che avevo deciso di prendere dopo aver conosciuto Dalton, e poi mi ci ero fidanzata. Stavamo insieme già da diversi anni all'epoca e parlavamo già di bambini, quindi mi sembrava giusto che, al momento di comprarmi una nuova auto, ne avrei presa una adatta ad una famiglia.

Dal momento che tutti quei piani erano andati in malora, l'acquisto sembrava un po' ridicolo, ma ero comunque contenta di quella macchina, ce l'avevo e ne ero grata. Ma adesso ero seduta a circa un miglio dalla casa dei Killarny, nella proprietà dei Killarny, con la mia auto che si rifiutava di muoversi. Era davvero l'ultimo posto sulla faccia della terra in cui avrei voluto essere in quel momento, e sicuramente la macchina aveva un guasto.

Presi il cellulare e chiamai l'assistenza stradale. Ci avrebbero messo due ore per raggiungermi, ma a quel punto sarebbe stato fuori dal loro orario di lavoro, e non avrebbero quindi potuto mandarmi un carro attrezzi fino al mattino seguente. Riattaccai il telefono pensando che dovesse essere una giornata impegnativa per le auto in panne e scesi dal mio veicolo. Dopo alcuni minuti alzai gli occhi verso la casa e poi di nuovo sul vialetto. Erano altre dieci miglia fino alla città più vicina e anche se ero sicura che avessero un servizio di rimorchio e un posto in cui farmi alloggiare, comunque non avevo idea di come trovare il numero di telefono di una qualsiasi officina e la ricezione era così debole che era inutile anche solo provare a far funzionare Google sul mio telefono.

No, mi rimaneva una sola alternativa: quella di voltarmi e risalire la collina fino alla casa dei Killarny e chiedere se potessi usare il loro telefono per chiamare un carro attrezzi.

"Questo è il destino, che ti vuole far inghiottire l'orgoglio", mi dissi cominciando a risalire la collina, senza mai perder d'occhio la casa. Era come se fosse perennemente lì, a prendersi gioco di me mentre mi trascinavo verso di lei, ricordandomi che Pete Killarny era da qualche parte lì dentro, quell'uomo ridicolo, sicuramente ostinato e deciso a farmela pagare per la questione del derby.

"Ti piacerebbe", pensavo, e una parte di me credeva davvero che il ragazzo avesse un certo interesse nei miei confronti, ma ero abbastanza sicura che non fosse nient'altro se non la pura fisicità del momento. Invecchiando era diventato ancor più eccitante, ed era passato così tanto tempo da quando ero stata con qualcuno, che, ovviamente, suscitava in me una specie di attrazione sessuale molto primordiale. Ma non avevo intenzione di cedere. No, io ero molto più del semplice istinto animale che mi faceva desiderare di raggiungerlo e afferrarlo. Quando mi aveva tirato a sé, ero quasi certa che avrebbe colmato totalmente quella distanza e mi avrebbe baciato, e io volevo che lo facesse. Ma ricordavo quel primo bacio come se fosse ieri. Glielo avevo rubato e lui era sembrato così turbato, come se fosse sorpreso e poi deluso. Bacio che dovevo avergli dato sotto l'effetto del mio imbarazzante atteggiamento da bambina. Non c'era niente di carino nell'essere baciato da una bambina della tua età quando avevi circa dieci anni. A dirla tutta, probabilmente non era nemmeno interessato alle ragazze in quel momento. Ricordavo bene che gli impedivo sempre di correre e giocare con i suoi fratelli, che lo perseguitavo incessantemente, inseguendolo e supplicandolo di giocare con me.

Ma ora, chiaramente, le cose erano diverse. Erano passati vent'anni da quel bacio con Pete Killarny ed entrambi eravamo cambiati tantissimo. Non sapevo nulla del suo divorzio, e dopotutto non erano affari miei, ma qualcosa mi diceva che era un uomo piuttosto cauto. Certo, non molto diverso dal ragazzo che era prima della pubertà, ma era chiaramente cambiato in altri modi.

Ed era padre! Ecco, questo era un pensiero a cui avrei dovuto abituarmi. Mi chiedevo se i suoi fratelli fossero sposati o se avessero dei figli. C'erano grandi case sparse per tutta la tenuta, molto più grandi di quelle in cui solitamente vivevano i cowboy. Deducevo che probabilmente appartenessero agli altri fratelli e alle loro famiglie. Sean Killarny si era decisamente preso cura dei suoi ragazzi, e si vedeva quanto Pete si sentisse legittimato ad avere un certo potere.

E ovviamente pensava di avere il diritto di partecipare al nostro derby, per nessun'altra ragione se non quella che c'erano sempre stati fin dalla sua primissima apertura. Beh, per quello ma anche per l'enorme quantità di denaro che avevano pagato per farne parte. Se odiavo squalificare dal derby un amico e partecipante di lunga data senza una vera spiegazione, comunque mio padre non mi aveva dato molti indizi, e d'altronde io non volevo rivelare niente a Pete. Il doping è una cosa seria su cui non si scherza e di cui non si accusa qualcuno senza avere delle prove. Le persone che non credevano in quella pratica si proclamavano totalmente contro, facevano affidamento sulla legge e avevano dalla loro parte diverse associazioni di corse di cavalli e di diritti degli animali. Ma le persone che invece la utilizzavano, quelle che credevano fosse una pratica utile e accettabile da mettere in atto sui propri animali, non si fermavano davanti a nulla per assicurarsi che il loro comportamento rimanesse segreto. Sapevo che era pericoloso andare in giro ad accusare un ranch di doping, ancor più se l'accusa conteneva un briciolo di verità.

E poi contro un ranch come quello della tenuta Killarny?! Mi guardai intorno percorrendo il vialetto attraverso il bosco di noci che oscurava leggermente la facciata della casa sulla collina. Era il più grande ranch di cavalli di tutto lo stato. Accusare uno dei più grandi e antichi esercizi di azioni illegali sarebbe stato pericoloso, qualora fosse stato vero, e idiota, qualora fosse stato falso. Oltretutto, mio padre non aveva prove da quel che sapevo. Niente al di là delle sue sensazioni. Se avesse davvero avuto qualche tipo di prova, non l'avrebbe subito consegnata alla polizia?

Il contraccolpo che avremmo potuto subire da altri ranch era qualcosa da tenere in considerazione, e mi chiedevo se mio padre si fosse davvero fermato a pensare a come gli altri allevatori, partecipanti assidui del nostro derby, avrebbero giudicato la sua azione. Se eravamo disposti a tagliare i ponti con uno dei nostri più antichi colleghi senza una spiegazione, allora chissà cos'altro avremmo potuto fare? Già vedevo come la questione sarebbe stata ingigantita se le persone non fossero venute a conoscenza delle accuse di doping, ma non sarei stata io a riferirle apertamente fino a quando non avrei avuto la certezza della loro effettiva colpevolezza. A mio parere doveva occuparsene la polizia. Stavamo soltanto cercando di proteggere la reputazione e l'integrità del nostro derby. Ma sapevo che, dall'esterno, il limite fra la protezione del nostro derby e la decisione arbitraria fra chi potesse o non potesse parteciparvi doveva sembrare molto sottile.

Mi fermai ai piedi della collina, con le chiavi ancora in mano mentre guardavo la casa che incombeva su di me. Ero a pochi metri dalla porta principale e detestavo l'idea di dover chiedere aiuto a quella famiglia, ma non c'era altra soluzione. E poi, come se tutta la natura e il mondo intero cospirassero contro di me, ci fu uno schianto di tuono in lontananza, improvvisamente il cielo si aprì in un enorme acquazzone, bagnandomi in pochi secondi, e allora corsi verso la porta principale.

Era la seconda volta nello stesso giorno che suonavo quel campanello, ma stavolta ero bagnata dalla testa ai piedi e sapevo di sembrare un pulcino inzuppato. Nel giro di pochi istanti, mi aprì la stessa signora di prima, e dalla sua espressione capii che già mi stava compatendo.

"Salve," dissi, sfoggiando un sorriso educato. "Mi stavo chiedendo se potessi prendere in prestito il suo telefono... Mi si è fermata l'auto a circa un miglio da qui e..." Sventolai il telefono in aria. "Non prende molto qui fuori."

Emise un suono preoccupato e annuì: "Certo, tesoro,

entra pure e mettiti al riparo. Ha davvero iniziato a piovere a dirotto. È proprio difficile trovare campo da queste parti, ma puoi tranquillamente usare il nostro telefono. Ce n'è uno nella sala qui davanti che puoi usare. Vado a dirlo al signor Killarny, vorrà sapere di questo tuo inconveniente. Potrebbe chiamare un carro attrezzi o un meccanico per risolverlo."

"Oh, no. Per favore non lo disturbi. Ho solo bisogno del numero di un meccanico e... " ma lei era già scomparsa giù per il corridoio.

Fantastico, ora avrei sicuramente avuto di nuovo a che fare con Pete Killarny, ma stavolta stavo gocciolando sul suo ingresso principale. Guardai il telefono a disco vecchio stile. Era il tipico oggetto che sembrava appartenere a un castello ed ero sicura che fosse lì per lo più come decorazione o ricordo dell'atmosfera di quella casa cent'anni prima. Non c'era una rubrica in vista, perché, dopo tutto, chi è che ha un elenco telefonico oggigiorno?! Non avevo idea di quale numero chiamare in città per chiedere aiuto. Sotto sotto, cominciavo a pensare che il 118 fosse l'opzione migliore per svignarmela senza dover affrontare Pete.

"Non mi aspettavo di rivederti così presto," disse Pete apparendo da dietro l'angolo lanciandomi un'occhiata. Sentii i suoi occhi sul mio corpo, avrei voluto coprirmi. Ero fradicia, e con l'aria condizionata di quella casa stavo congelando. Potevo sentire i capezzoli indurirsi sotto il tessuto sottile della mia camicetta bianca, indumento che avevo completamente dimenticato di stare indossando fino a quel momento. Pete probabilmente stava dando con piacere una bella sbirciata e io, a quel pensiero, ero irritata e allo stesso tempo stranamente eccitata.

Mi raddrizzai e cercai di rimanere composta e dignitosa. "Non pensavo di tornare qui così presto, e prometto di non rubarti altro tempo. Ho solo bisogno di un numero per chiamare un carro attrezzi, e troverò il modo di tornare in città da sola."

Pete scosse la testa. "Nah, ci pensiamo noi a te. Inoltre, Nolan, il meccanico di città, impiegherebbe tre ore per arrivare qui. È molto bravo nel suo mestiere, ma farlo veloce non è una sua priorità, non so se mi spiego."

Sospirai sconsolata. "Cosa suggerisci allora?"

"I miei fratelli minori sono piuttosto bravi con i motori. Farò dare un'occhiata alla macchina a Sam e Stephen quando torneranno." Si strofinò la nuca e mi guardò di nuovo, questa volta c'era un po' più d'incertezza nella sua voce, e ne fui sorpresa, a prescindere da quale ne fosse la causa. "Temo che rimarrai bloccata qui per la notte. Voglio dire... potremmo anche portarti in città, ma sarò onesto, non penso tu voglia alloggiare in quel motel. E i bed and breakfast, beh, penso siano pieni già diverse settimane prima con tutti i turisti che amano visitare le grotte qui vicino."

Il mio entusiasmo all'idea di passare la notte lì alla tenuta Killarny era pari a quello di Pete nell'ospitarmi in casa sua – valeva a dire quasi zero.

"No, davvero, non voglio causarti altri problemi... specialmente dal momento che..."

"Dal momento che hai appena provato a buttarmi fuori dal tuo derby? Già, il karma è bastardo, non credi?" Scosse la testa e mi sorrise. "Forse possiamo fingere di non aver mai avuto quella conversazione. E... " si guardò intorno per vedere se ci fosse qualcuno nei paraggi, "qui c'è mia figlia, e probabilmente la vedrai, quindi ti sarei molto grato se ti tenessi quel discorso per te. A prescindere dalla questione in sospeso che abbiamo, desidero che nulla di tutto ciò arrivi alle sue orecchie. Non ha bisogno di venire a conoscenza di una sorta di faida tra due vecchi uomini. Ama suo nonno, e la nonna era il suo mondo. Non c'è bisogno di oscurare questi rapporti."

Lo guardai accigliata, incerta sul motivo per cui stesse spostando la conversazione su Sean ed Emily Killarny, e poi ricordai che avevo sentito parlare della recente scomparsa di sua madre. Doveva averlo notato dalla mia espressione.

"Sì, e mia madre era una delle persone più importanti della sua vita. Non voglio che mia figlia pensi che ci sia qualcosa di cui preoccuparsi o su cui rimuginare. E' una bambina sveglia. Capisce le cose abbastanza in fretta."

Annuii. "Non devi preoccuparti di nulla, non dirò niente."

Guardandomi si morse leggermente il labbro inferiore. "Stai congelando. Non so se abbiamo dei vestiti che possano starti bene, ma ti faccio vedere dove puoi farti una doccia e cambiarti. Sono sicuro che troverai qualcosa."

Pete mi guidò su per le scale verso una delle stanze degli ospiti, e capii che per un certo periodo doveva essere appartenuta a uno dei ragazzi, quando erano tutti più giovani.

"La mia vecchia stanza," disse, come se mi avesse letto nella mente. "C'è un bagno laggiù, e si collega ad un'altra camera da letto, quindi assicurati di chiudere la porta a chiave... anche se nessuno usa quella stanza, quindi difficilmente entrerà qualcuno." Si spostò verso un armadio e aprì un cassetto. "Non c'è molto fra cui scegliere, ma penso che troverai qualcosa. Scusa, in questa casa non c'è nemmeno l'ombra di un vestito femminile."

Risi, cercando di allentare un po' la tensione tra di noi. Realizzai anche di sentirmi sollevata di non dovermi preoccupare di cosa sarebbe successo alla mia macchina. Per quanto fossi irritata e, a dirla tutta, ancora incazzata con Pete Killarny, ero certa che si sarebbe assicurato che tutto andasse bene. Per quanto odiassi essere nelle mani di qualcun altro, riconoscevo che a volte gli imprevisti potevano succedere e che, se avevo intenzione di sopravvivere, dovevo fare buon viso a cattivo gioco.

Adesso Pete era più vicino a me, e riuscivo a sentire il calore irradiarsi dal suo corpo, penetrare nello strato bagnato dei vestiti che ci separavano. Riuscivo a sentire qualcosa irrigidirsi nelle mie viscere, un bisogno profondo risvegliarsi dentro di me, e mi resi conto di quanto fossi eccitata semplicemente stando di fronte a quell'uomo. Sentivo il suo dolce profumo di muschio che sapeva di sudore, fieno e rugiada mattutina messi insieme, e cercavo di fare del mio meglio per non saltargli addosso.

"Ceneremo tra circa un'ora. Fatti una doccia e mettiti qualcosa di comodo, ci vediamo tra un po'."

Uscendo chiuse la porta dietro di sé, e io sospirai a lungo. Cazzo, era da tanto che non desideravo che qualcuno mi strappasse i vestiti di dosso e mi fottesse in modo selvaggio, ma questo era il potere che Pete Killarny aveva su di me. Spogliandomi mi sforzai di scacciare quel pensiero dalla mia mente e mi diressi verso la doccia.

Con una vecchia camicia a quadri e un paio di jeans che dovevano essere appartenuti ad un Pete adolescente, mi sedetti a tavola ridendo e scherzando con Pete e sua figlia Emma. Lei mangiò in fretta perché aveva un pigiama party a casa di un amico che viveva in un altro ranch lì vicino, così salutò presto, lasciandomi sola con suo padre.

"È molto intelligente e dolce", dissi. "Sai che saranno cavoli amari per te?"

Pete sospirò. "Dannazione, lo so. Ero stato avvertito sul fatto di avere una figlia. Sai, è la prima cosa che iniziano a dirti in ospedale. Che ti avrà in pugno dal primo momento che la vedrai, ed è proprio vero." Scosse la testa, e capii che era immerso in pensieri e sentimenti di un periodo ormai lontano. "Spero di essere un bravo padre. Mia madre è stata di grande aiuto dopo il mio divorzio. Non so come avrei fatto senza di lei. Aveva sempre desiderato una figlia femmina, quindi avere per la prima volta una nipotina fu una gioia incredibile per lei, e sono molto contento di aver esaudito questo suo desiderio."

Sorrisi e mandai giù un sorso dal mio bicchiere di vino. "Sono sicura che l'abbia resa felicissima. Mi è dispiaciuto davvero tanto sapere della sua scomparsa, Pete. Era passato molto tempo dall'ultima volta che l'avevo vista, ma era sempre stata molto gentile con me, soprattutto dopo il divorzio dei miei."

Si irrigidì, e capii che l'argomento del divorzio era un tasto dolente per lui, e allora lasciai perdere.

"Comunque tutti sembravate avere un bellissimo rapporto, e sono certa che fosse molto importante per Emma. Non lo dimenticherà mai."

Si schiarì la voce. "Vuoi bere un bicchiere di vino nell'altra stanza? La notte fa ancora un po' freddo, e ho il camino nello studio. La sera mi piace starmene davanti al fuoco e bere un po' di scotch."

Mi fermai. "Però niente sigaro, vero?"

Si accigliò e scosse la testa. "No, assolutamente."

"Va bene allora" dissi mentre alzandomi. Mi versò un altro bicchiere di vino e mi mostrò la strada verso il suo studio, mentre mi chiedevo dove quella serata sarebbe andata a finire di preciso.

CAPITOLO 5
PETE

Avere un ospite in casa era l'ultima cosa che avrei immaginato. Il fatto che poi fosse Sara Waters era la cosa più folle a cui avessi pensato dopo tanto tempo e l'ultima cosa che credevo potesse accadere. Era così sorprendente e inaspettata, ma la cosa più strana era che mi stavo davvero godendo la sua compagnia. Era brava a fare conversazione. Intelligente e spiritosa, aveva un grande senso dell'umorismo, e questa sua ultima dote brillava più di tutte le altre. Eravamo cresciuti insieme, ma le nostre vite si erano completamente allontanate, e le nostre strade erano ormai divergenti da un bel po'. Era strano essere di nuovo lì, dopo tutti quegli anni, a parlare dei ricordi di quel tempo ormai passato. Comunque era bello, e stavo iniziando a realizzare quanto mi mancasse chiacchierare con altre persone mature al di fuori dei miei fratelli... come se i miei fratelli poi fossero persone mature.

Ma ciò che incombeva sulla nostra conversazione, mentre lei sorseggiava il suo vino rosso e io facevo fuori l'ultima bottiglia Dalwhinnie vecchia quindici anni, era capire il vero motivo per cui si era presentata al ranch oggi. Sapevo che dietro quello che stava dicendo c'era di più, ma era chiaro che non era pronta a parlarne o non si sentiva libera di discutere con me di un'ipotetica conversazione privata fra lei e suo padre sul perché non volessero un cavallo Killarny nel loro derby.

In ogni caso, qualunque cosa Sara avesse da dire sull'argomento, conoscevo già la verità. Si trattava di una faida tra i nostri padri, un attrito che era diventato sempre più amaro col passare degli anni, almeno da parte di Ken Waters. Pensavo che a un certo punto lungo il cammino mio padre avesse abbandonato l'inimicizia che aveva provato verso il suo miglior amico di sempre. Doveva averlo fatto, perché era andato avanti con la sua vita come se nulla fosse mai successo, e non ci sarebbe mai riuscito se avesse operato in un altro modo. Qualsiasi cosa fosse successa con Ken erano fatti suoi, fatti che erano accaduti prima ancora che io nascessi. Non c'era nulla che potessi fare per cambiare i sentimenti di quell'uomo, a prescindere dal fatto che li giustificassi o meno.

Comunque ciò che non potevo giustificare era il modo in cui stava cercando di punire tutta la mia famiglia per quel risentimento nei confronti di mio padre. Qualunque cosa ci fosse fra loro due, noi non ne eravamo in alcun modo responsabili, e il fatto che Ken Waters non fosse abbastanza uomo da intervenire e metterci la faccia mi aveva personalmente offeso. La verità era che se l'auto di Sara non si fosse rotta nel nostro viale d'accesso e se lei non avesse avuto bisogno d'aiuto, io avrei preso in considerazione l'idea di salire sul mio camion, guidare per tre ore fino alla tenuta dei Waters nel Tennessee e dire a Ken come la pensavo. Roba da matti, aveva mandato Sara quassù per fare il suo sporco lavoro, e poi si aspettava che noi ci limitassimo ad arrenderci e a prendere atto del suo giudizio, come se fosse Dio sceso in terra.

Erano i Killarny ad avere più potere. Eravamo la famiglia che era stata nel Kentucky quasi più a lungo di quanto chiunque nei paraggi potesse ricordare. Eravamo stati noi a rendere le corse di cavalli ciò che erano oggi, e Ken Waters non ce le avrebbe mai portate via, né avrebbe macchiato il nostro nome. Al contrario, attaccandoci, si stava fregando con le sue stesse mani. Se ci avesse tagliato fuori dal suo derby, allora avrebbe dovuto rispondere a molti altri ranch che ci consideravano amici stretti. Ken poteva considerare tutta la questione come qualcosa tra sé e la nostra famiglia, ma la verità era che, quando tutto sarebbe uscito allo scoperto, avrebbe dovuto dare delle spiegazioni a diverse persone molto importanti.

Una cosa che sapevo con certezza era che non voleva parlare della vera ragione dietro tutta quella storia. Non avevo idea di cosa avesse detto a Sara, ma era sicuramente qualcosa di brutto dal momento che era venuta di persona per occuparsene. Sapevo che lei non aveva la minima idea di cosa fosse accaduto tra i nostri padri molti anni prima, e quindi non poteva capire che le motivazioni di suo padre erano discutibili. Sapevo che si fidava di suo padre, si vedeva chiaramente. Altrimenti, non si sarebbe sentita obbligata ad eseguire i suoi ordini. E visto che anch'io avevo una figlia che amavo alla follia, sapevo quanto potesse essere forte quella attrazione, quell'istinto di proteggere quella persona che ami tanto e assicurarti che rimanga lontana dal male.

Ma sapevo anche che non avrei mai potuto mentire a mia figlia. L'idea di mandare Emma a fare qualcosa per tenermi fuori dai casini era impensabile per me e quel briciolo di rispetto che ancora provavo per Ken Waters adesso stava diminuendo rapidamente.

Io non avevo intenzione di ricacciare l'argomento, ma Sara era a metà del suo secondo bicchiere di vino. Pensavo che se non ne avesse bevuto nemmeno un po' non sarebbe mai tornata su quel discorso, sul motivo del suo arrivo al ranch quel giorno, ma adesso era un po' più disinvolta e pronta a discuterne.

"Vuoi parlare del motivo per cui sono qui?"

Scrollai le spalle e mi appoggiai allo schienale della mia sedia di fronte al fuoco. Sara era seduta sul divano di pelle posizionato per lungo di fronte a me, e si voltò per guardarmi. Il modo in cui la luce del fuoco illuminava i suoi capelli castano scuro, ora asciutti dopo la sua doccia post-temporale, rendeva ipnotico il bagliore dei loro riflessi rossi. Volevo allungare la mano e toccare i suoi morbidi ricci, ma non avrei mai osato in quel momento. Era così bella, ed era quasi impossibile per me staccarle gli occhi di dosso. Con quella questione in sospeso fra noi, però, le nostre famiglie forse sarebbero andate incontro ad ulteriori casini.

"Puoi parlare di tutto quello che vuoi, Sara. Per me possiamo parlare di qualsiasi cosa." Non capivo se stesse per rivelarmi il vero motivo della sua visita, o almeno il motivo che lei pensava fosse vero.

Si schiarì la voce e posò il bicchiere di vino sul tavolino da caffè. "Mio padre mi ha parlato un po' di quello che accade qui."

"Ti ascolto."

"Non è necessario entrare nel dettaglio. Francamente, voglio tenermene fuori il più possibile. Se qui fate qualcosa di illegale, allora non vorrei averci niente a che fare. Voglio solo che tu capisca che non c'è nulla di personale. Cerchiamo soltanto di tutelare gli interessi dei nostri affari di famiglia, e sono sicura che tu possa capirmi."

Annuii, ma non avevo ancora idea di quali potessero essere le accuse di suo padre. "In che tipo di attività illegale pensi che siamo coinvolti, Sara? Ti assicuro che non c'è nulla che possa farti dubitare, nemmeno per un secondo, della nostra partecipazione al vostro derby."

A quelle parole si irrigidì, visibilmente stizzita, e capii che si stava preparando a difendere di nuovo suo padre, ma io la fermai.

"Ascolta, so che ti fidi di tuo padre, ed è naturale che tu stia dalla sua parte. Lui è la tua famiglia. Lo capisco. E ho una figlia, quindi so che rapporto avete, ma ti chiedo di pensare solo per un minuto che forse tuo padre stia lottando con i suoi sentimenti personali. Perché mai dovrebbe essere corretto da parte sua scaricare la questione su di te e chiederti di venire qui a fare qualsiasi cosa tu stia facendo? Buttarci fuori dal vostro derby?"

Sara mi guardò senza batter ciglio. "Devi capire che anche se ho dei dubbi sulla questione, mi fido di mio padre. Se dice che quest'anno tagliare i ponti con voi e tenervi fuori dal nostro derby sia la cosa giusta da fare, allora ci credo."

Sghignazzai a quelle parole. "Fai sul serio? Vieni qui a dirci che avete chiuso con noi, dopo tutti questi anni di amicizia? E non mi riveli nemmeno la colpa di cui ci saremmo macchiati. Va bene, ammettiamo che quello che tuo padre ha da dire su di noi sia vero. Spero tu sappia che sono un ragazzo onesto e che se ci fosse qualcosa di illegale nel nostro ranch, allora vorrei venire a saperlo per poter sistemare le cose."

Quelle parole sembrarono prenderla alla sprovvista, e lei mi guardò con diffidenza. Sara era onesta e credeva di fare la cosa giusta. Era chiaro come il sole. Ma era difficile mettere qualcuno in disaccordo con un genitore, specialmente quando quel genitore era sempre stato dalla sua parte e non le aveva mai dato motivo di non fidarsi di lui in passato.

"Pensaci, Sara. Se tu avessi qualcuno al tuo derby che fa cose illegali o potrebbe fare del male a qualcuno, non vorresti sapere chi è in modo da poter sistemare la situazione?"

Lei annuì e increspò le labbra.

"Okay, sei d'accordo con me. Concordiamo su questo punto. Ti sto dicendo che non ho idea di quali sotterfugi illegali possano esserci qui, e, se davvero sta succedendo qualcosa, sono sicuro di voler sapere di cosa si tratta e chi ne è il responsabile in modo da poterlo fermare."

Sara fece un respiro profondo. "Ti ho detto che non voglio essere coinvolta."

"Coinvolta?!" Scossi la testa. "Mi stai prendendo in giro, Sara? Sei tu il dannato motivo per cui ne stiamo discutendo. Nessuno qui ha mai notato nessun tipo di attività illegale finché non sei arrivata tu. E sono fottutamente sicuro che non ne parlerò con nessuno dei miei dipendenti finché non avrò un'idea di cosa possa essere."

"Beh, sono affari tuoi. Sono qui come messaggero, e ora hai ricevuto il messaggio. Domattina, quando me ne vado, lascerò il tuo assegno alla segretaria, " disse alzandosi per uscire dalla stanza.

"Aspetta un attimo. Vedi, c'è qualcosa che non quadra. Che tipo di prove ha tuo padre contro di noi? Ti dirò quello che so: per quanto ne so, non c'è nulla di illegale qui alla tenuta Killarny. E so davvero tutto ciò che accade qui dal momento che adesso sono io ad occuparmi delle finanze della struttura. Quindi se conosco tutto quello che succede qui ma non ne so nulla, allora tuo padre deve avere qualche tipo di prova per cui è convinto che stia accadendo qualcosa, giusto?"

Sara rimase in silenzio.

"Ma se non vuoi dirmelo... sai cosa mi porta a credere?"

Lei scosse la testa indignata e sembrò sul punto di dirigersi verso la porta.

"Credo significhi che tu pensi che sia io il colpevole. Non mi dirai di cosa vuole accusarci tuo padre perché pensi che io sia complice. E se sei troppo spaventata per rivelarmelo, allora dev'essere un motivo dannatamente pericoloso."

"Vado a letto. Grazie per la cena, " disse dirigendosi verso la porta, ma io scattai in piedi e le strinsi il braccio prima che potesse aprire la porta. Si girò verso di me e per poco mancò il mio zigomo col suo pugno. "Lasciami andare!"

La mia presa era gentile ma ferma. La spinsi contro la porta e la tenni lì.

"Pensi che io sia un criminale, Sara? Pensi che sia io il cattivo della situazione?"

Riuscivo a sentire il suo battito accelerare contro la mia mano, e volevo appoggiarmi e baciarle il collo, farla contorcere e strillare. Il suo respiro era pesante e nonostante i toni accesi della conversazione, il linguaggio del suo corpo urlava che ne voleva ancora. Voleva ancora le mie mani sulla sua pelle, il mio respiro contro il suo orecchio... questa donna mi voleva dentro di lei.

"Pete..."

"Forse sono cattivo," ringhiai nel suo orecchio e lentamente lasciai che la mia mano scivolasse sul suo braccio fino al suo seno. Era senza reggiseno e riuscii a sentire il suo capezzolo sotto la mia vecchia camicia a quadri. Sospirò mentre le massaggiavo il seno e mi stringevo alle sue gambe. Era calda, e ora i suoi occhi erano chiusi. Volevo prenderla, tirare giù quei jeans, piegarla sul divano e sbatterglielo dentro.

Ma le sarebbe piaciuto troppo, e tutto sarebbe finito troppo in fretta. Aprii primi bottoni della camicia, tirando fuori i suoi seni eccitati. Erano stupendi, ed entrambi i capezzoli, morbidi e rosa, erano turgidi. Mi chinai e glieli leccai uno alla volta, poi avvolsi le mie labbra intorno ad uno di essi e presi a succhiarlo dolcemente.

"Oddio, Pete... " si strofinava contro la mia coscia mentre continuavo a gironzolare sul suo seno. Sentivo la sua presa sui miei pantaloni, ma allontanai le sue mani e premetti la mia coscia più forte contro di lei. Era così vicina all'orgasmo, lo sentivo dal suo respiro.

Avrei voluto sentirla gridare mentre raggiungeva il picco, ma il mio lato cattivo voleva farla aspettare. Lo voleva così tanto, ed ero sicura che volesse anche di più: doveva essere scopata da qualcuno che sapeva farlo. E io potevo essere quel qualcuno, ma volevo farla implorare.

Lasciai il suo capezzolo e trascinai dei baci sul lato del suo collo, baciandola infine sulle sue labbra.

"Sei bellissima," dissi, e lei lasciò che la sollevassi e la portassi su per le scale. Spinsi la porta della stanza che era stata preparata per lei e la stesi sul letto. Lei gemeva e mi chiamava, mentre io le diedi un ultimo bacio e le feci l'occhiolino. Poi mi girai e lasciai la stanza, chiudendo la porta dietro di me.

"Sei uno stronzo bastardo, Pete Killarny," gridò lei. Mi ci volle un enorme sforzo per trattenermi

dal tornare nella sua stanza e rivendicare ciò che era mio. Ma la ragazza doveva imparare la lezione, e per questo l'avrei lasciata lì in quella stanza, da sola, bagnata e vogliosa. Poteva pensare a me per il resto della notte, se voleva. Certo, probabilmente si sarebbe incazzata, ma non mi importava. Era entrata in casa mia pensando di poter mettere fine alla decennale relazione fra Killarny e Waters. Non era così che andavano le cose.

Entrai nel mio bagno e aprii la doccia, mi spogliai e mi avvicinai al getto fumante. Immediatamente i miei pensieri tornarono a Sara, a come l'avevo lasciata in fondo al corridoio. Era così vicina all'orgasmo che credevo avrebbe stretto le mani tra le sue gambe e finito ciò che avevo iniziato. Quel pensiero me lo fece venire duro, più di quanto non lo fosse già, e mi avvolsi una mano attorno al cazzo, masturbandomi vigorosamente mentre pensavo a come sarebbe stato entrare dentro Sara mentre lei mi pregava di scoparla.

Era troppo, e venni rapidamente, ansimando mentre pensavo al suo corpo che si contorceva sotto il mio. L'avremmo vissuto insieme e l'avremmo fatto presto. Ma sarebbe successo quando lei non avrebbe più potuto sopportare il pensiero di non stare con me. Non sapevo cosa fosse, cazzo; era passata una vita dall'ultima volta in cui ero stato con una donna. Comunque Sara Waters era la prossima della lista, e la ragazza che da piccola era solita seguirmi avrebbe presto scoperto che la situazione era cambiata. L'avevo puntata, e quando mi mettevo in testa che volevo una cosa, la ottenevo. Non c'era nessuna lite familiare che potesse impedirmi di ottenere ciò che adesso desideravo di più: Sara.

CAPITOLO 6

Sara

I gemelli dovevano aver fatto qualche magia la sera prima, perché quando mi svegliai la mattina dopo, la mia macchina era pronta per partire. Non mi preoccupai di dover salutare qualcuno, non dopo quello che era successo tra me e Pete la sera prima. Non avevo idea di chi fosse in casa in quel momento o di ciò che avessero potuto sentire. Quando al mattino sgattaiolai fuori, lasciai l'assegno sulla scrivania della segretaria e mi diressi verso il SUV. Lo misi in moto, e presto mi avviai, fuori dalla proprietà dei Killarny e dal Kentucky. Fuori, speravo, il più a lungo possibile.

I miei ricordi del ranch dei Killarny erano stati per lo più positivi fino a quel momento, ma la scorsa notte aveva rovinato tutto. Pete Killarny era un porco, e se per un istante avevo addirittura pensato che fosse un gentiluomo, nessun uomo dalle buone maniere avrebbe fatto ciò che lui aveva fatto la sera prima. Avrebbe potuto scoparmi e andarsene, senza dire una sola parola, e avrebbe fatto una figura di gran lunga più bella. Ci voleva un bel po' di crudeltà per illudere una donna in quel modo, per farmi credere che mi stesse portando a letto, solo per poi lasciarmi lì, nella camera da letto, bagnata fradicia e abbattuta.

La frustrazione era stata troppa e, dopo che lo shock si era esaurito, mi ero tolta i vestiti e avevo cercato di addormentarmi. Tuttavia, troppe cose mi frullavano in testa, ed erano passate ore prima che riuscissi finalmente a prendere sonno. Ora ero per strada, grata che il viaggio sarebbe durato solo tre ore. Per quanto volessi tornare al calore e alla comodità del mio letto, sapevo che, prima di poter schiacciare un sonnellino, avrei dovuto parlare con mio padre di quello che era successo dai Killarny e riferirgli la risposta di Pete. Non ne sarebbe stato contento, ed ero io quella su cui avrebbe scaricato la sua rabbia.

Mi tormentava ancora il fatto che pensasse davvero che la famiglia Killarny drogasse i suoi cavalli. Non era il crimine più grave nel mondo dei cavalli, ma così tante persone lo disapprovavano al giorno d'oggi, e c'erano molte più misure restrittive rispetto agli anni passati.

Durante il viaggio di ritorno in Tennessee qualcosa che aveva detto Pete continuava a ronzarmi nella testa. Se mio padre avesse davvero avuto delle prove, allora perché non le aveva portate alle autorità? Se sapeva che stesse succedendo qualcosa, la cosa più sensata da fare sarebbe stato denunciare ciò che stavano facendo i Killarny in modo da poterli fermare. Gestendo la questione da solo sarebbe apparso losco e la gente si sarebbe chiesta perché i Killarny avessero abbandonato il derby. Sapevo che mio padre non avrebbe detto nulla sul doping, ma sapevo anche che Pete non avrebbe esitato a far sapere che mio padre aveva abbandonato lui e il suo ranch senza troppe cerimonie. Le persone avrebbero voluto delle risposte e avrebbero temuto che la stessa cosa potesse accadere anche a loro. Nessuno avrebbe voluto essere coinvolto nel nostro derby, registrarsi e allenarsi per mesi e mesi per poi sapere all'ultimo minuto che non avrebbe potuto correre. Era inaudito fare una cosa del genere ad un ranch affermato – e, quindi, a maggior ragione a quello dei Killarny, non solo per ciò che rappresentavano nel loro stato di origine del Kentucky, ma anche nello scenario mondiale delle corse di cavalli. La gente veniva dall'Arabia Saudita e dall'Australia per acquistare i cavalli dei Killarny. Non erano soltanto dei buoni purosangue… erano i migliori. Nessuno avrebbe dimenticato presto una simile decisione.

Ma forse tutto ciò non sarebbe successo. Se Pete avesse continuato ad essere ostinato, allora forse sarebbe davvero venuto al derby, a prescindere dal permesso. Non sapevo se mio padre avesse davvero intenzione di mettere in atto la minaccia di chiamare le forze dell'ordine, ma già soltanto la minaccia mi spaventava. Avere lì dei poliziotti per cacciare Pete e i fratelli dall'evento sarebbe stato uno spettacolo, e avevo la sensazione che avrebbe fatto molto scalpore sui social media. Anche se il nostro derby non andava in onda in TV, comunque poteva essere seguito in streaming online, e la cosa attirava centinaia di migliaia di spettatori. La gente avrebbe saputo tutto prima della fine della gara e non ero sicura che il Waters Derby potesse sopravvivere al debacle delle relazioni pubbliche che sarebbe inevitabilmente seguito.

Le ore volarono, e finalmente arrivai a casa di mio padre. La sua auto era nel vialetto, e la prima cosa che decisi di fare fu proprio quella di andare nel suo ufficio per confrontarmi con lui su tutto quello che era successo nel ranch dei Killarny. Beh, tutto entro limiti ragionevoli. Non gli avrei mai raccontato ciò che era successo - o non era successo - tra me e Pete Killarny.

Trovai mio padre nel suo ufficio, ma stavolta senza sigaro, a rovistare tra i cassetti della sua antica scrivania. Quando mi vide, chiuse il cassetto e tolse la chiave, rimettendola in tasca.

"Come è andato l'incontro?" chiese allegramente.

Mi lasciai cadere sulla sedia di fronte a lui e emisi un lungo sospiro.

"Sinceramente, papà, come ti aspettavi che andasse? Mi hai mandato con un enorme assegno per dire a Pete Killarny di andarsene all'inferno. Inutile dire che non era affatto contento. Nemmeno io lo sarei stata al suo posto. Gli stiamo soffiando il derby da sotto il naso. Non mi sembra una cosa molto giusta."

Tossì. "Elsie mi ha detto che hai avuto problemi con la macchina o qualcosa del genere? Sei rimasta lì?"

Annuii. "Sì, papà. Nonostante la pessima notizia, Pete è stato abbastanza gentile da far riparare la mia macchina ai suoi fratelli minori. Sono rimasta a cena da loro, mi hanno dato un letto su cui dormire e così si è conclusa la giornata di ieri. Ora sono tornata qui e mi piacerebbe sapere cosa proponi di fare d'ora in poi."

"Che intendi? Hai riferito la notizia, quindi è fatta."

Scossi la testa. Riuscivo a stento a credere che mio padre potesse farla così facile. "Sei serio?! Davvero pensavi che Pete Killarny avrebbe abbassato la testa facendo ciò che hai chiesto?"

"Certo che sì. Ha preso i soldi, non è vero?"

Chiusi gli occhi per un breve istante, cercando di rassegnarmi all'idea che mio padre fosse su un altro pianeta lontano anni luce.

"Papà, non ha preso i soldi, e non penso che sia un modo per convincerlo. Ho lasciato l'assegno lì, alla sua segretaria, ma credo proprio che non lo incasserà. Probabilmente te lo ritroverai nella posta fra qualche giorno."

Mio padre si morse il labbro inferiore, intanto pensava. Ultimamente avevo notato che pensava spesso. Quel labbro era screpolato e pieno di spaccature, e ora che lo guardavo meglio sembrava non essersi riposato abbastanza. Aveva delle occhiaie scure.

"Beh, comunque gli hai detto che non sono i benvenuti qui, quindi rimaniamo così. È fuori discussione che si presenteranno con i loro cavalli sapendo che non sono autorizzati a correre."

Era quasi assurdo che pensasse che tutto sarebbe stato così semplice. "Ne hai parlato con i nostri avvocati? È molto probabile che non potremo fare nulla per impedirgli di correre. Hanno firmato un contratto con noi. A prescindere dal fatto che possiamo rimborsarli, di quel contratto bisognerà probabilmente discutere in un tribunale. Non penso possiamo ignorarlo soltanto perché abbiamo deciso che non è nel nostro interesse far correre i Killarny."

Lui scosse la testa. "No, non ho chiamato Terrence. Non mi sembrava il caso di chiamarlo per queste cose."

"Ma papà, pensi che stiano drogando i loro cavalli. Se stanno davvero tramando qualcosa, allora penso dovresti chiamare un avvocato, semplicemente per coprire i nostri culi. Per la cronaca, credo tu possa stare tranquillo, Pete mi è sembrato un tipo piuttosto onesto."

Gli occhi di mio padre si restrinsero. "Non difenderlo, non ci provare nemmeno. È figlio della feccia e ti garantisco che non è molto diverso da suo padre. Non voglio sentirti difenderlo di nuovo."

Alzai le mani in aria. "Non lo sto difendendo. Ti sto solo dicendo quello che ho visto. Sembra un ragazzo che ama sua figlia, che cerca di fare il meglio per lei e per il resto della sua famiglia. So di non aver fatto un'ispezione approfondita nelle scuderie o cose del genere, ma papà... conosci Sean Killarny. Siete stati grandi amici per tantissimo tempo, o almeno così ricordo io. Ora che ci penso, però, è da un po' che non lo senti. Pete crede che sia successo qualcosa di brutto fra di voi, ma non so cosa-"

"Che cosa ti ha detto quel bastardo?"

Pensavo sarebbe balzato fuori da dietro la scrivania, ma le sue mani si aggrapparono al bordo di mogano e i denti si strinsero. Il viso gli era diventato tutto rosso scuro e sembrava che gli occhi gli uscissero dalle orbite.

"Papà... mi dispiace. Calmati. Ti farai venire un colpo se reagisci così a qualcosa che pensi che Pete Killarny mi abbia detto. La verità è che non mi ha detto nulla. Aveva solo l'impressione che si trattasse di qualcosa di privato e non pensava che fosse affar suo dirmelo." Feci una pausa e lanciai una lunga occhiata a mio padre. "Ma sai che ti dico? Sono affari tuoi. Se sta davvero succedendo qualcosa, allora ho bisogno di saperlo. Ora posseggo metà dell'attività, e non puoi più nascondermi niente. Ho lavorato duramente con te da quando sono tornata. E pensavo che ti fidassi di me."

Mio padre chinò leggermente la testa e la scosse. "Mi dispiace, Sara. Non dovrei prendermela con te. Onestamente, la cosa non ha nulla a che fare con te, e ti prego di non intrometterti o fare altre domande. Per quanto mi riguarda è acqua passata... tutta la storia con Sean Killarny. Credo di averci ripensato molto ultimamente e non so bene il perché." Fece una pausa, poi, quando riprese a parlare, la sua voce assunse quel tono burbero. "Ma ciò non cambia il fatto che non debbano partecipare al nostro derby."

Sospirai. Mi sembrava di non fare altro che sospirare durante la nostra conversazione, ma il modo in cui si stava comportando era assolutamente allucinante.

"Allora, come proponi di occuparci di questa situazione? Fra due settimane i fratelli Killarny si presenteranno davanti ai cancelli della nostra proprietà con rimorchi al seguito e si aspetteranno di poter gareggiare."

Lui scrollò le spalle. "Farò in modo che il dipartimento dello sceriffo gli dica di riportare i loro culi in Kentucky."

Scossi la testa e sbattei la mano sulla sua scrivania. "Non possiamo farlo. Pensa allo scalpore che creeremo. La gente farà domande... sì, la gente le farebbe in ogni caso, ma fare le cose in questo modo non farebbe che peggiorare la situazione. Quindi, a meno che tu non voglia spiegare agli altri quindici proprietari di cavalli il motivo per cui tu stia buttando fuori uno dei ranch più prestigiosi del paese, allora ti suggerisco di pensare a qualcos'altro."

Pensò per un momento. "Allora chiameremo la polizia stradale. Possono aspettarli in strada prima che salgano fin qui. Li fermeremo."

La conversazione era esasperante. "Papà, questa non è una risposta. Hanno firmato un contratto per correre. Dovrai trovare una soluzione legale. E fino a quando non ci riuscirai, penso che dovremo prepararci e aspettarci che la famiglia Killarny venga qui il giorno del derby. Ora se vuoi scusarmi... " Mi alzai per andarmene. "Ho un sacco di altre cose da sistemare per l'evento."

Non aspettai per sentire se avesse altro da dire. La porta dell'ufficio sbatté dietro di me mentre me ne andavo. Invece di dirigermi verso il mio ufficio dove mi aspettava un sacco di lavoro, mi diressi fuori, non del tutto sicura di dove stessi andando, ma consapevole di dover fare qualcosa per allontanarmi da mio padre e da qualunque tipo di schifezza stesse architettando. Non che avessi le idee più chiare... anzi, al contrario, avevo un sacco di cose su cui riflettere riguardo a mio padre e ciò che stava succedendo con i Killarnys. Le mie scarpe scricchiolarono sulla la ghiaia, sulla strada che portava alla nostra piccola stalla personale, e realizzai di voler andare a trovare Sadie.

Il mio cavallo mi stava aspettando nella sua stalla, felice come sempre di vedermi. La sellai e la portai fuori dalla stalla, salii e la portai a fare un giro nel pascolo sul retro. Mentre la maggior parte della nostra terra era riservata al derby e di solito tutto quello che vedevo era il recinto e la pista, la zona posteriore era quella in cui ero cresciuta, a cavallo. La nostra prima casa, quella in cui i miei genitori si erano trasferiti quando si erano sposati, quella in cui vivevano quando ero nata, era lì fuori, immersa in un boschetto di alberi di noci. Adesso era affittata a uno dei nostri impiegati, e io la oltrepassai, osservando bene il quadretto con la minuscola casa bianca e pensando a tutti i ricordi che avevo di quel luogo.

In realtà erano pochi, perché erano finiti quando i miei avevano deciso di divorziare. Avevo solo cinque anni quando successe, quindi non ci avevo capito molto. Tutto quello che sapevo era che mia madre si sarebbe trasferita in un'altra casa e che mi sarei divisa fra i due luoghi.

Ma prima di tutto questo, prima della separazione, eravamo stati molto felici. O almeno lo eravamo stati dal mio punto di vista. Non avevo idea di come andasse la relazione fra i miei genitori perché ero troppo piccola quando divorziarono. Erano quei ricordi di calore e di felicità ad inondarmi la mente mentre guardavo la vecchia casa. Erano stati quei pensieri a farmi riflettere su quanto volessi un lieto fine. Avevo pensato di averlo trovato con Dalton, ma quella storia era rapidamente e dolorosamente finita.

Tuttavia la fine di una relazione non aveva spento i miei desideri e le mie aspirazioni. Credevo ancora nell'amore, anche se era durissima per me fidarmi di un uomo dopo quello che mi era successo. Credevo nel matrimonio, anche se il mio esempio non era stato eccezionale. E volevo avere figli, con qualcuno che amavo e che li voleva con me. Era un sogno chiuso nel cassetto da molto tempo, un sogno che non svaniva. Amavo i bambini e li volevo nella mia vita. Ora poi avevo trent'anni... non che fosse troppo tardi, ma sapevo di dovermi rimettere in gioco se avessi voluto crearmi l'opportunità di metter su una famiglia tutta mia.

Sospirai allontanandomi dalla casa. Il divorzio dei miei genitori era stato un cambiamento difficile, ma una decisione a cui mi ero abituata pian piano col passare degli anni. Mi sentivo ancora con mia madre e avevamo un rapporto meraviglioso ma, a causa del mio lavoro con il derby, in quei giorni vedevo di più mio padre.

Quel pensiero me lo riportò alla mente mentre proseguivo attraverso il pascolo sulla schiena di Sadie. Si stava chiaramente godendo il viaggio, e cercai di fissare in mente il buon proposito di farlo più spesso. L'equitazione era stata una parte davvero importante della mia vita, ed era stato un peccato averla lasciata scivolare nel dimenticatoio.

Ero sicura che ci fosse qualcosa di più dietro a quello che stava succedendo tra mio padre e i Killarny. Pete aveva accennato a qualcosa ma non era disposto a parlarne apertamente, e pensavo che fosse probabilmente per rispetto di mio padre. Era ovvio che se mio padre aveva un problema, doveva essere lui a parlarmene. Non era emerso nulla dai controlli anti-doping. Avevo esaminato i documenti e non c'era nulla sul cavallo dei Killarny che potesse far pensare che fosse dopato. Naturalmente non avevamo nessun dato su di loro riguardante gli ultimi due anni, dato che non avevano fatto correre un loro cavallo in quel lasso di tempo. Avevo sentito diversi pettegolezzi dal giro del derby e sapevo che la tenuta Killarny non se la passava molto bene dal punto di vista finanziario, e che in realtà le cose andavano parecchio male dalla morte di Emily Killarny avvenuta qualche anno prima. Questo sarebbe stato il primo anno dopo la sua morte in cui avrebbero fatto correre un loro cavallo nel nostro derby. Avevano bisogno dei soldi che un'ipotetica vittoria avrebbe portato: lo sapevo, e lo sapeva bene anche mio padre. Quindi, ovviamente, aveva senso che Pete si rifiutasse di fare marcia indietro. Avevano investito troppo tempo e troppe ore di addestramento sul cavallo che volevano portare al derby.

Mentre tornavo alla stalla diventavo più risoluta. Avrei scavato a fondo nella questione, ma non c'erano molti posti in cui cercare le risposte. Inoltre non c'erano molte persone a cui avrei potuto chiedere cosa fosse successo tra mio padre e Sean Killarny. Puntavo tutto su Pete, ma non ero dell'umore giusto per chiamarlo e chiedergli informazioni, non dopo la notte appena trascorsa. Una parte di me sperava che la sua famiglia non si presentasse al derby in modo da non doverlo mai più vedere. Il pensiero di affrontarlo dopo quel bollente incontro nel suo studio era mortificante. Ed eccitante come l'inferno.

Strinsi i denti scendendo da Sadie e riconducendola nella sua scuderia. Le diedi una bella spazzolata e del fieno fresco. Era contenta come una pasqua e questo mi fece sorridere.

"Tornerò presto," le dissi dandole un colpetto e chiudendo la porta della stalla dietro di me.

Dirigendomi verso la casa volevo evitare mio padre, ma sapevo che prima o poi sarei dovuta entrare nel suo ufficio. Non sapevo da dove cominciare, ma sapevo che lì dentro c'era qualcosa da scoprire. Da qualche parte dovevano esserci delle informazioni sul perché fosse così ostinato nel mantenere la famiglia Killarny lontana dal nostro derby, e avrei scoperto di cosa si trattasse.

CAPITOLO 7

Pete

Svegliarsi e scoprire che Sara se n'era già andata non fu una sorpresa. Era abituata alla vita del derby, e qualsiasi tipo di attività che riguardasse gli animali tendeva a far diventare mattinieri. Doveva essersi alzata ed essere uscita di casa prima dell'alba, pensai guardando fuori dalla finestra, e vedendo che la sua macchina non era più dove Sam e Stephen l'avevano parcheggiata la sera prima, dopo che erano riusciti a riportarla in vita.

Feci la doccia e mi vestii, cercando di non lasciare che la mia mente si soffermasse su Sara Waters per più del necessario. Sapevo che l'avrei rivista di nuovo tra due settimane, quando ci saremmo presentati al derby, con o senza l'approvazione di Ken Waters, ma fino ad allora avrei dovuto concentrarmi sul mio ranch per riuscire a partecipare al derby. Dovevamo decidere quanti rimorchi prendere, chi del personale portare con noi, e Alex avrebbe dovuto decidere con certezza quale cavallo avrebbe corso.

Scesi al piano di sotto, iniziai a fare colazione e, mentre finivo di mescolare delle uova, Emma entrò di corsa dalla porta.

"Sei già tornata?" chiesi.

Annuì e lasciò cadere lo zaino sul pavimento. "Sì, Dani e sua madre dovevano andare da qualche parte stamattina, così mi hanno riportata a casa lungo il tragitto." Afferrò un pezzo di bacon e si sedette al tavolo. "Dov'è Sara?"

La guardai un po' sorpresa. "Oh, ehm... doveva andarsene. Doveva tornare per il derby. C'è un sacco da fare per il grande evento. E sai che, soprattutto, non era nei suoi piani rimanere qui. È successo soltanto perché la sua auto si è rotta. Era pronta per tornarsene a casa, ne sono sicuro."

Emma si alzò, prese un bicchiere dalla credenza e poi il succo d'arancia dal frigo. "Ne vuoi un po'?" Chiese lei versandosene un bicchiere.

"No, penso che prenderò un caffè, grazie."

Rimise il succo a posto e si sedette di nuovo. Mentre preparavo due piatti di uova strapazzate, bacon e frutta sentivo i suoi occhi incollati su di me. Quando posai il piatto di fronte a lei, percepii che stava riflettendo a fondo su qualcosa.

"Che cosa ti prende?" Chiesi, sinceramente incuriosito da ciò che stava accadendo nella sua mente.

"Mi stavo solo domandando quand'è che ti deciderai a chiederle di uscire," disse tutto d'un fiato.

Rimasi sconcertato ma cercai di non darlo a vedere. "Cosa ti fa pensare che avessi l'intenzione di farlo?!"

Lei sorrise. "Vedi... non hai detto che non vuoi farlo!"

La guardai con gli occhi socchiusi e mandai giù un boccone di uova strapazzate. Anche lei mangiava di gusto, e aspettai che avesse la bocca piena prima di parlare di nuovo.

"Non l'ho detto, ma... beh, cosa penseresti se ti dicessi che non voglio?"

Scrollò le spalle ingoiando un morso. "Non capisco perché non esci con nessuna. Non hai nemmeno mai portato nessuno a casa. Voglio dire... papà, so che hai avuto diversi appuntamenti in passato, ma penso che ultimamente tu non ne abbia avuto nessuno. E non me ne hai mai parlato."

Annuii. "Beh, sai che è roba da adulti e che le relazioni possono essere complicate. Non ho mai voluto coinvolgerti, a meno che non fossi certo che si trattasse di una donna seria che sarebbe rimasta... " Realizzai il senso di quelle parole solo dopo che mi uscirono di bocca.

Emma si acciglió. "Intendi qualcuno che non sia come la mamma?"

Sospirai. Ero sempre stato molto attento a non dire mai niente di sprezzante su Kelly di fronte a Emma. Qualora avesse voluto costruire un rapporto con nostra figlia, allora volevo che la porta rimanesse sempre aperta a quella possibilità. Non c'era bisogno che le mostrassi la mia opinione su quella donna e sul modo in cui aveva abbandonato entrambi. Non mi era mai davvero importato di ciò che Kelly pensava di me o del tipo di comunicazione che voleva ci fosse fra noi, ma avevo sempre desiderato che costruisse qualcosa con Emma. Il fatto che non fosse mai stata coerente e che non avesse quasi mai contattato Emma in tutti quegli anni era una scena molto dolorosa per me, e sapevo che doveva esserlo ancora di più per mia figlia che si stava perdendo la gioia di avere una madre presente nella sua vita.

"Se mai dovessi portare qualcuno qui, vorrei prima assicurarmi che sia il tipo di donna che credo possa essere un esempio positivo per te. Qualcuno che abbia grinta, ambizioni e sappia cosa vuole dalla vita. E spero che i suoi progetti includano entrambi. Perché io e te siamo un pacchetto completo, prendi due paghi uno. Lo sai, vero?"

Annuì e sorrise. Emma era ancora una ragazzina a dodici anni, ma già iniziavo a intravedere la donna che sarebbe diventata, cosa bellissima ma allo stesso tempo terrificante. Sapevo che mia figlia era forte, in gamba e intelligente, e quando avrei deciso di uscire di nuovo con una donna e di farlo seriamente, volevo scegliere qualcuno a cui lei potesse ispirarsi.

"Lo so, papà. Ma perché ciò accada, dovrai effettivamente uscire con qualcuno."

"Senti senti, la bocca della verità", dissi guardando il mio piatto. "Okay, beh ora che so che vuoi che vada ad un appuntamento, forse posso prendere la cosa un po' più sul serio. Voglio solo che tu sappia che non importa chi entrerà nella mia vita, tu verrai sempre per prima. Succeda quel che succeda, voglio che tu venga a parlare con me di qualsiasi cosa, dicendomi ciò che pensi. Sono ancora abbastanza giovane e, chi lo sa, forse non troverò nessuno. Forse rimarrò scapolo per il resto della mia vita."

Emma arricciò il naso. "Ma no! Papà, no. Sei troppo giovane per essere single. Devi uscire lì fuori e trovarti qualcuno. E penso che Sara sia davvero carina. È divertente e sembra davvero intelligente. E entrambi lavorate con i cavalli. Credo formereste una bella coppia."

"Cosa ne sai delle belle coppie?" le chiesi lanciandole un'occhiata.

"Papà, guardo la TV e i film. Non è così difficile da capire."

Non potei che sorridere e scuotere la testa continuando a mangiare la mia colazione. Non sapevo cosa pensare riguardo a mia figlia dodicenne che parlava di belle coppie, ma dovevo ammettere che probabilmente aveva ragione. Appendere le scarpe al chiodo e non uscire più con nessuno negli ultimi anni non era stata una grande idea, non se un giorno avessi avuto intenzione di ributtarmi in pista.

Finimmo di fare colazione mentre Emma mi ha parlava del suo pigiama party e dei suoi piani con gli amici per la primavera. Sembrava proprio che sarebbero stati parecchio impegnati prima dell'inizio dell'estate. Finita la colazione, Emma si diresse verso le scuderie per il suo giro mattutino con Saoirse, e intanto io lavai i piatti, tornando con la mente al discorso degli appuntamenti e all'idea di ricominciare tutto da capo.

Sara Waters, però... lei era un'altra storia. Era qualcosa di completamente diverso. L'attrazione tra noi era palpabile, e io la desideravo... brutalmente. Non ero sicuro fosse una donna con cui avrei desiderato uscire a lungo termine, perché non la conoscevo al di là del contatto che avevamo avuto il giorno prima, contatto che era stato abbastanza intenso. Prima di allora ci eravamo conosciuti solo da bambini, quindi c'era un grande divario temporale tra chi eravamo stati allora e chi eravamo adesso. Ma ero disposto a scoprire di più su Sara, e decisi di familiarizzare con lei molto presto.

NELLA PROPRIETÀ KILLARNY continuavano i preparativi per il Derby e tutti i miei fratelli eseguivano i loro compiti individuali per esser pronti a portare i nostri cavalli in Tennessee. Era uno dei nostri più grandi eventi dell'anno e, dal momento che, dopo la morte di mia madre, non avevamo più partecipato al Derby dei Waters negli ultimi due anni, questa volta era davvero imperdibile.

Andare al Derby dei Waters era sempre stato un affare di famiglia. Ci caricavamo tutti i nostri rimorchi e scendevamo in Tennessee per quella settimana. C'era un'area per tutti i partecipanti con i cavalli, per parcheggiare i loro rimorchi e i camper, ed era come una grande riunione di famiglia, una sana competizione che durava tutta la settimana fino al giorno della gara.

Comunque, io non andavo al derby da anni. Il mio lavoro era stato principalmente qui al ranch e con Emma così piccola avevo preferito stare a casa piuttosto che portarla alla competizione. Però era strano ora che ci pensavo, perché eravamo andati ad un sacco di derby lì nelle vicinanze, ma capivo il perché del mio comportamento quando le cose cominciavano a concretizzarsi. Non volevo vedere Ken Waters, e se non andare al derby avrebbe potuto esaudire quel mio desiderio, allora non ci sarei andato. Sapevo che ciò che c'era tra mio padre e Ken Waters era esclusivamente tra loro due, una questione personale. Ma non riuscivo a farmi scivolare di dosso il senso di repulsione nei confronti di quell'uomo. Lo disprezzavo, e non lo avrei voluto più vedere.

E proprio per la mia lunga assenza erano anni che non vedevo né lui né sua figlia, Sara. E ora non riuscivo a pensare ad altro mentre esaminavo alcuni dei documenti da sistemare prima di chiudere bottega per la settimana e andare al derby. Sara, il suo bel viso e il suo corpo fantastico. Dio, come l'avevo desiderata lì, nel mio studio, quando era rimasta bloccata nel nostro ranch. Avrei potuto possederla, ma non era il momento giusto. Non so cosa mi fosse preso, ma non volevo che succedesse proprio lì. Forse perché volevo punirla per quello che lei e suo padre stavano cercando di farci. O forse era qualcosa di più profondo. Non mi immergevo spesso nel mio subconscio in quel modo, ma cominciai a chiedermi se mi stessi trattenendo con Sara perché pensavo che potesse esserci di più... almeno ipoteticamente parlando.

Ma era così presto. Troppo presto per iniziare a pensare a cose del genere. Spazzai via quei pensieri e presi la pila di fogli che la mia segretaria mi aveva lasciato. Da qualche parte, nel mezzo, c'era un messaggio telefonico di Sara sepolto tra gli altri. Si leggeva semplicemente:

"Porta il tuo cavallo al derby. Sto cercando un modo per risolvere la questione."

Osservai quelle parole ancora e ancora. Porta il tuo cavallo al derby. Lo avremmo fatto comunque, ma ricevere quel biglietto da Sara era il tipo di sostegno che mi serviva. Anche se ero pronto a fare i bagagli e partire per il derby ad ogni costo, era bello sapere che in qualche modo Sara stava cercando una soluzione e che avrebbe provato ad impedire a suo padre di metterci i bastoni tra le ruote. Almeno in questo modo potevo essere abbastanza sicuro che quando sarei arrivato non avrei trovato la polizia a scortarci.

Presi il telefono per chiamare mio padre in Costa Rica. Rispose dopo il terzo squillo, la linea era un po' confusa, ma sembrava felice di sentirmi.

"Come vanno le cose laggiù, papà?"

Rise, ed ero felice di sentire che andava tutto bene. "Bene bene. Sto preparando dei drink per una festa. Tutto bene da te?"

Mio padre ora chiedeva sempre del ranch, ma durante i primi giorni, quando aveva deciso di andare in Costa Rica, sentivo come se evitasse certe domande. Aveva perso la donna con cui aveva passato più della metà della sua vita, e stava ancora facendo i conti col dubbio di come sarebbe stata la vita senza di lei. Dopo un paio d'anni di lotta per far funzionare le cose qui al ranch senza di lei, aveva deciso che sarebbe stato meglio consegnarlo ai miei fratelli e affidare a me il compito di gestirlo. Era stato quell'unico viaggio in

Costa Rica a fargli cambiare idea su tutto. Era andato laggiù per schiarirsi le idee e invece aveva trovato il tipo di felicità che stava cercando. Mentre ci mancava avere lui e la sua esperienza al nostro fianco e nel ranch, sapevo che stava facendo la cosa migliore per sé stesso, e se lo meritava davvero. Inoltre, qualora ci fosse stato davvero un problema, sarebbe tornato qui in un batter d'occhio per assicurarsi che tutto fosse a posto.

"Tutto bene ora", mi morsi il labbro inferiore mentre valutavo se parlargli o meno di Ken Waters e di quell'inconveniente che incombeva sul derby. Se non gli avessi detto nulla e fosse davvero accaduto qualcosa, sarebbe sicuramente arrivato alle orecchie di mio padre, e sapevo che era meglio sputare il rospo adesso. "Beh, adesso le cose vanno meglio. Era tutto un molto incerto fino a poco fa. Si è creata una discussione con Ken Waters."

Mio padre rimase in silenzio per un momento dall'altro capo della cornetta. "Qual è il problema? Devo venire lassù? Devo chiamarlo?"

"No, no. Penso che sia tutto risolto. E più che con Ken in realtà ho discusso con sua figlia. Ha mandato Sara per consegnare un messaggio invece di venire di persona."

Riuscivo a sentire la delusione di mio padre nei confronti di quello che un tempo era il suo migliore amico. "A che diavolo stava pensando? E qual era il messaggio?"

Non cercai di indorare la pillola. "Ci ha detto che non potevamo correre nel derby. Ha cercato di restituirci i soldi dell'iscrizione."

"Ma stai scherzando?"

"No", dissi, e fui contento di aver vuotato il sacco ora, perché si sarebbe infuriato se lo avesse scoperto più tardi.

"E quale sarebbe la ragione di questa scelta?"

Scossi la testa e sospirai. "Penso che entrambi conosciamo la verità, ma non so bene cosa abbia detto a Sara.

Sono sicuro però che lei non ha la minima idea del vero motivo. Suo padre le avrà raccontato un sacco di bugie dicendole che siamo coinvolti in qualcosa di illegale. Non so bene cosa ... ma non ha importanza, perché è tutto falso. Ma per un momento ho pensato che lei gli credesse."

"Mhmm", mormorò mio padre dall'altro lato. "Sara è una ragazza eccezionale. Le darei un po' di fiducia se fossi in te. Probabilmente sta solo seguendo gli ordini di suo padre, e sono sicuro che non le ha mai dato motivo di non fidarsi di lui prima d'ora."

"Potrebbe essere; è solo che non so cosa penserà se scoprirà... lo sai."

Mio padre sospirò. "Pete, qualunque cosa trovi, ammesso che trovi qualcosa, beh... riguarda lei e suo padre. Penso tu abbia fatto bene a non dire nulla. Ken sta gestendo la questione male, e ho paura che gli si ritorcerà contro. Almeno con sua figlia. Non sarebbe nemmeno curiosa di nulla se suo padre non fosse così maledettamente subdolo riguardo il fatto."

Annuii e guardai la pila di fogli di cui dovevo occuparmi. "Okay, beh, volevo solo metterti al corrente della situazione. Partiremo tra una settimana per il derby. Non so, hai per caso intenzione di tornare per partecipare?"

"Nah, non per il derby di Ken. Chiaramente non vuole vedermi, quindi lasciamo perdere. Poi fammi sapere come va."

"Ciao papà," dissi riagganciando e tornando al mio lavoro in vista dei preparativi per il grande giorno.

IL TEMPO PASSÒ VELOCEMENTE E, prima che me ne accorgessi, il grande giorno arrivò, ed eravamo in viaggio verso il derby. Emma ed io viaggiavamo in uno dei camion, trascinandoci dietro una roulotte. Eravamo gli ultimi della carovana di veicoli in partenza dalla Tenuta Killarny, ed ero contento di passare del tempo con mia figlia. Era una chiacchierona, come sempre, e aveva un sacco di domande su questo derby, dato che non c'era mai stata prima.

"È molto importante", ho detto. "E il premio è molto alto. Sarebbe bello per il ranch se riuscissimo a vincere."

Emma si morse il labbro. "Abbiamo bisogno di soldi?"

"Oh... dannazione." Mi pentii di aver pronunciato quelle parole. "No, non è proprio così. Beh, tutti hanno bisogno di soldi, tesoro. Ma non siamo in bancarotta o cose simili. È solo che a volte succedono delle cose, il mercato cambia, e magari un anno ti va bene e l'altro no. Sai com'è andata dopo la morte della nonna? Tuo nonno era molto triste, e gli affari sono giustamente passati in secondo piano. È normale che accadano certe cose quando c'è un lutto. Ma ora siamo tornati in pista e tutto sembra andare abbastanza bene. Sarebbe fantastico per il ranch vincere la gara, non solo per i soldi. Promuoverebbe un pochino la nostra immagine ci aiuterebbe a guadagnare un po' di prestigio."

Emma annuì e sembrò capire, ma a quel punto era stanca di parlare con suo padre. Prese un libro e ci si immerse a capofitto, e il resto del viaggio verso il derby fu abbastanza tranquillo.

Quando arrivammo trattenni per un po' il respiro, in attesa di vedere se accadesse qualcosa di inaspettato una volta giunti davanti al cancello principale. C'era un inserviente che controllava i documenti della gente e lasciava entrare uno alla volta camion e rimorchi per cavalli. Tirai un sospiro di sollievo quando il primo dei rimorchi dei Killarny attraversò la guardia del bestiame e si diresse verso l'area in cui gli allevatori sostavano per la settimana.

Quando arrivò il mio turno tirai fuori il mio documento d'identità e le informazioni di registrazione e l'inserviente, una giovane donna sui vent'anni, mi guardò per ben due volte. Forse Emma aveva ragione: ero ancora giovane. Ma probabilmente non avrei dovuto provarci con altre ragazze lì al derby. Non con Sara nei paraggi. Avevo il pallino fisso per lei, e dovevo provarci a qualunque costo. La giovane donna sorrise e ci fece attraversare, ma notai che chiamò qualcuno dal suo walkie talkie mentre noi, con un rombo di motori, passavamo davanti alla guardia del bestiame.

Parcheggiai, e improvvisamente vidi Emma correre verso un'amica di un altro ranch.

"Non andare troppo lontano... chiama e fatti viva ogni tanto!" le gridai, ma sapevo che era al sicuro qui, tra amici... e rivali.

Iniziai a sganciare il trailer e ad ancorarlo a terra sulla nostra postazione. Questa sarebbe stata la nostra piccola casa per la settimana a venire, ed era abbastanza grande per me e Emma, anche se avevo la sensazione che avrebbe deciso di passare alcune notti con i suoi amici nei massicci camper delle loro famiglie.

"Ehi, straniero." Sentii una voce provenire da dietro di me e mi voltai, trovando Sara lì, in piedi, con un sorrisetto in viso. Beh, era un buon inizio, almeno non mi aveva tirato un calcio sulle palle dopo il modo in cui avevo lasciato le cose.

"Ehilà," dissi terminando ciò che stavo facendo, prima di voltarmi per darle tutta la mia attenzione.

"Non hai avuto problemi ad entrare?" chiese.

Scossi la testa. "No, suppongo di doverti ringraziare per questo." Sorrisi. "Grazie. Che cosa hai fatto?"

Si schiarì la voce. "Beh, sarò molto schietta. Mio padre sostiene ancora che non correrete e potrebbe cercare di revocare il contratto da un momento all'altro. So che ha contattato il nostro avvocato. Comunque al momento siete ancora in lista come partecipanti, e voglio che tutti ne siate consapevoli."

Abbassai un po' la testa e la scossi con sgomento. "Non

ho nemmeno detto nulla alla maggior parte dei ragazzi. Non volevo mettergli la pulce nell'orecchio riguardo ciò che potrebbe accadere. Sai... potrebbe farli incazzare." La guardai di nuovo, e la vidi un po' emotiva. "Sara, sono davvero deluso da tuo padre. Non ha nessun diritto di attaccarci in questo modo."

Si avvicinò a me in silenzio e mi mise una mano sul braccio. "Pete... lo so bene. Non so ancora cosa stia succedendo, ma ti prometto che lo scoprirò. Spero solo che possiamo voltare pagina e essere amici. Ripartiamo da zero."

La guardai con fare curioso. "Vuoi che siamo amici?" L'amicizia era l'ultima cosa che volevo con quella donna. Volevo prenderla tra le mie braccia in quel preciso istante e portarla nel trailer per cavalcarla fino a quando non avrebbe urlato il mio nome ancora e ancora.

Lei annuì. "Penso sia la cosa migliore. È più naturale ed è un po' meno... drammatico. Spero tu capisca."

"Sembrava che l'altra notte volessi qualcosa in più dell'amicizia" dissi piano, ma con tono malizioso.

Mi guardò. "Parli proprio tu, Pete Killarny. Tu sì che sai come si tratta una donna."

E con quelle parole si allontanò, e io rimasi in piedi, rimpiangendo di non averla scopata contro il muro la prima volta, quando ne avevo avuto la possibilità.

CAPITOLO 8

Sara

Il primo cocktail party serale dell'anno per aprire ufficialmente il derby era cominciato senza intoppi nella sala da ballo della nostra tenuta. Era l'unica volta all'anno in cui ero solita guardare la mostruosità di quella stanza, la sua forma cavernosa, e pensare che valesse tutti i soldi che mio padre aveva speso per costruirla. Naturalmente quando ero più giovane ero innamorata di tutto quello sfarzo e mi piaceva recitare lì dentro ogni scena di ballo di vari film, in particolare di The Sound of Music e The King and I. Ma adesso ero più grande e abbastanza consapevole di come andasse il mondo, e credevo che tutto fosse un po' troppo ostentato.

Ma in serate come quella, mio Dio, ne valeva la pena. L'intero posto si illuminava come se ci fossero piccole lucciole danzanti dappertutto, e tutti erano bellissimi coi loro vestiti eleganti per l'ora del cocktail. Fuggii un momento dagli adulti per dirigermi verso l'area allestita per i bambini degli altri ranch. C'era un castello gonfiabile e una sorta di percorso a ostacoli, oltre a hot dog, hamburger e tutti i tipi di giochi che piacevano ai bambini. Lì vidi Emma, una delle bambine più grandi, e notai che faceva in fretta amicizia con altre ragazzine della sua età.

Pete era stato più sfuggente, ma l'avevo intravisto per tutta la serata mentre chiacchierava con altri proprietari di ranch e persone che erano lì per partecipare al derby. Indossava una bella giacca e un paio di jeans che gli stavano benissimo, ma non si era preoccupato della cravatta, o forse se l'era già tolta, e i primi due bottoni della camicia erano aperti. Sembrava incredibilmente bello, e per questo continuavo a pentirmi di avergli detto di essere solo amici. Parlava con gran sicurezza, cosa che lo rendeva ancor più attraente, e mi sentii appiccicosa nei suoi confronti, quasi come quando avevo dieci anni. Non importava quanto ci stessi provando, i nostri sguardi non si incrociarono per tutta la sera, e mi resi conto che la cosa m'infastidiva - era come se mi stesse evitando del tutto.

Gli hai detto che vuoi solo un rapporto d'amicizia, pensai fra me e me uscendo fuori, nel cortile posteriore. Lì era più tranquillo perché la maggior parte della festa si stava ancora svolgendo nella sala da ballo o fuori, sul prato principale, dove erano state installate alcune tende. Qui invece, vicino alla piscina, c'era solo un vago accenno di una grande festa in corso, e anche quello stava cominciando a spegnersi vista la tarda ora. Era tutto sotto controllo e la consapevolezza che la responsabilità di un altro derby ormai iniziato non pesasse più su di me portava con sé un senso di libertà che mi piaceva. Avevo fatto tutto ciò che potevo fare, e ora bisognava soltanto assicurarsi che gli eventi andassero giorno per giorno come previsto. Per il resto potevo godermi tutto come un qualsiasi spettatore.

Mi tolsi i tacchi e li lasciai lì nel cortile posteriore, iniziando a scendere lungo il sentiero sterrato. Non sapevo bene cosa mi avesse spinto a farlo, ma la terra fresca sui miei piedi stanchi mi faceva sentire bene, e fui grata che ci fosse ancora una strada nella proprietà né ghiaiata né asfaltata.

In lontananza vedevo il vecchio fienile, e decisi che sarebbe stato un posto abbastanza carino da raggiungere a piedi al chiaro di luna. Era una notte meravigliosa. Con la luna quasi piena, quel luogo era illuminato da un bagliore celeste. Non avrei potuto organizzare una festa migliore e ringraziai madre natura per quello splendido paesaggio.

Entrai nel vecchio fienile e scoprii che attraverso le fessure di alcune tavole filtravano dei raggi lunari, sufficienti ad illuminare il luogo. E poi non volevo accendere la luce e attirare lì gli ultimi invitati rimasti. No, volevo starmene un po' da sola.

Anche se avevo frugato tra i documenti di mio padre per svariati giorni, non avevo trovato nulla che suggerisse che il crimine di cui accusava i Killarnys fosse vero. Eppure aveva continuato, aveva contattato il nostro avvocato e si stava adoperando per annullare il loro contratto in tempo per la gara che sarebbe avvenuta dopo pochi giorni, e non sapevo bene se il cavallo di Killarny alla fine sarebbe stato autorizzato a correre o meno. Tutto dipendeva da ciò che mio padre e il suo avvocato sarebbero riusciti a combinare, e sapevo che mio padre aveva il migliore in circolazione.

Comunque io non avevo smesso di cercare. Tuttavia, non avevo idea di cosa stessi cercando, e questo si era rivelato un grosso problema.

Sentii una specie di fruscio dietro di me, e mi voltai, sorpresa, aspettandomi di vedere un topo o un opossum rannicchiati nell'angolo del fienile. Invece vidi una sagoma scura sulla soglia.

"Ehi, Sara."

Era Pete Killarny.

"Oh ciao. Pensavo fossi un opossum o qualcosa del genere"

Rise. "Beh, nessuno mi ha chiamato così prima d'ora."

Scossi la testa, "Abbiamo fatto dei lavori, e odierei pensare che ciò per cui abbiamo pagato non tenga lontani gli opossum."

Pete si avvicinò un po' e si guardò intorno. Non lo vedevo benissimo, ma la luce lunare illuminava abbastanza per farmi seguire i suoi movimenti.

"Questo posto è sicuramente diverso dall'ultima volta che l'ho visto", disse posando di nuovo lo sguardo su di me.

"E quando è stata l'ultima volta?"

"Onestamente," disse grattandosi il mento, "credo di non aver più messo piede in questo granaio da quando mi hai baciato proprio qui, quando eri alta più o meno così." Alzò il braccio per mostrarmi quanto fossi alta a dieci anni, e non sbagliava.

"Ero più alta di te" dissi con un ghigno.

Lui sorrise. "Penso tu abbia raggiunto il picco molto presto. Alla fine ti ho raggiunta... e ti ho anche superata un po'."

Era vero, mi aveva superata. Ora era alto più o meno un metro e ottanta, mentre io ero ferma a un metro e sessantacinque.

"Già, sono cresciuta troppo in fretta", dissi ridendo.

"Nah," disse Pete scuotendo la testa e voltandosi verso di me. "Credo che in questo momento io stia guardando una Sara nel periodo di massimo splendore."

Mi schiarii la voce. "Sai come lusingare una donna."

"È la verità. Sei bellissima come non lo sei mai stata, e so che hai detto che dovremmo essere soltanto amici... ma io non voglio essere tuo amico, Sara. Né ora e né mai."

Mi accigliai. "Non c'è bisogno di fare un discorso così serio."

Allungò la mano e prese dolcemente la mia, tirandomi a sé.

"Le cose che voglio fare con te non sono cose che farei con amici."

Sentii un brivido corrermi giù per la schiena e risalire di nuovo. In un attimo fui tra le sue braccia, non capii nemmeno come ci fossi finita... sapevo solo che non volevo andarmene. La sua bocca cercò con urgenza la mia, e lui mi esplorò delicatamente, la sua lingua volteggiava attorno alla mia mentre le sue braccia mi stringevano in un forte abbraccio e mi tiravano a lui con decisione.

Pete stava strofinando di nuovo la sua coscia tra le mie gambe, e sapevo che non sarebbe passato molto tempo prima che arrivassi all'orgasmo. Anche solo il suo profumo bastava a risvegliare tutti i miei sensi. In quel mix di sensazioni esplosive mi sentivo come un pallone sul punto di scoppiare. Le sue mani sfiorarono i miei capezzoli che io sentii crescere duramente come piccole pietrine. Volevo ancora le sue labbra intorno ad essi, a succhiare e accarezzare quelle punte sensibili.

"Dio, ti voglio così tanto," disse con un sussulto.

Mi tirai indietro e lo presi per mano, portandolo in fondo al granaio, verso le scale che salivano al secondo piano. Sopra c'era un fienile, ma lo stavamo ristrutturando tutto, ed era il posto perfetto per avere un po' di privacy. Salimmo le scale e le porte aperte lasciarono entrare la luce della luna quasi piena. Lì nessuno ci avrebbe trovati. C'era ancora un po' di fieno sul pavimento, e pregai silenziosamente che non nascondesse dei topi, mentre trascinavo Pete a terra con me.

Fece con calma, e la cosa mi mandò al settimo cielo. Con le sue mani esplorò ogni mio centimetro sopra il mio vestito da sera, quando tutto quello che desideravo era che me lo strappasse di dosso e che accarezzasse il mio corpo nudo. Ma presto aprì il vestito e lo sfilò via, facendo attenzione a non danneggiare il tessuto mentre lo metteva da parte. Sotto ero senza reggiseno, e non ci pensò due volte a togliermi le mutandine.

"Hai un profumo incredibile," disse tuffandosi tra le mie gambe e facendo scorrere la lingua lungo la mia fessura. Allungai una mano per guidarlo, e dopo pochi istanti cominciai a gridare, mentre la sua lingua girava intorno al mio clitoride. Lo succhiò con forza, e io mi strusciai contro la sua faccia, durante un orgasmo che prese il sopravvento e mi distrusse il corpo. Non si fermò, ma anzi fece scivolare dentro due dita, riempiendomi. Leccava, succhiava e intanto spingeva le dita dentro e fuori finché non potei più resistere. Alla fine ero fuori controllo; gridai il suo nome e il mio corpo smise pian piano di tremare.

Si alzò e si spogliò, osservandomi per tutto il tempo. La luce della luna brillava sulla mia pelle candida, riuscivo a sentire i suoi occhi su di me. Ricambiai, guardandolo coi miei occhi socchiusi e sazi mentre si spogliava. Per quanto fosse bello coi suoi vestiti, senza sembrava ancora più bello, e mentre si toglieva i boxer osservai la sua erezione animarsi. Per quanto volessi raggiungerlo e assaggiarlo, quello che volevo di più in quel momento era sentirlo dentro di me.

Pete voleva la stessa cosa. Adesso era di nuovo sopra di me, e sentivo la sua rigida lunghezza contro la mia coscia, contro le mie profondità. Avvolsi le mie gambe intorno a lui per incoraggiarlo a venire ancora più avanti.

"Per favore, Pete. Non farmi aspettare. Ti voglio ora."

A quelle parole si posizionò e lentamente entrò dentro me, ogni centimetro mi portava a un altro livello di estasi. Alla fine, quando fu completamente dentro di me, ricoperto, emisi un sospiro, e lui cominciò a spingere sopra di me, lentamente e con un ritmo che mi faceva gemere. Spingeva, e ad ogni spinta toccava una parte di me che mi faceva sentire come fuori di testa. Il suo cazzo si adattava perfettamente al mio interno, come se fosse fatto apposta per me, e sentivo che le mie pareti si contraevano attorno a lui.

Vedevo un'espressione di autocontrollo sul suo viso. Si stava trattenendo, ma non volevo che lo facesse. Non sapevo da quanto tempo Pete fosse solo, ma sapevo che era più a lungo di me. Mi stava dando così tanto piacere; volevo soltanto fare lo stesso per lui.

"Non ti trattenere" lo supplicai.

Non se lo fece ripetere due volte. Il ritmo delle sue spinte aumentò e presto cominciò a sbattermi forte. Il modo in cui il suo osso pubico sfregava contro il mio pube mi stava riportando vicino all'orgasmo, e mi stringevo sempre più contro di lui ogni volta che entrava dentro di me, così da sentire ancora meglio quella sensazione. I suoi fianchi presero un ritmo più veloce, e capii che era vicinissimo all'orgasmo mentre mi guidava ancora una volta verso il culmine del mio piacere. Gridai e quasi immediatamente lui emise un gemito affondando dentro un'ultima volta, mentre il suo cazzo si contraeva in piccoli spasmi al mio interno.

Si allungò su un fianco e mi tirò a sé rimanendo dentro ancora un po', e giacemmo in quella posizione per alcuni momenti.

"Non me l'aspettavo", dissi finalmente cercando di riprendere fiato.

"Hai per caso dei rimpianti?" Chiese col respiro pesante.

Scossi la testa e lo baciai dolcemente. "No, è solo che... non mi aspettavo di venire al granaio e poi essere scopata nel fienile."

Lui ridacchiò sommessamente. "Nemmeno io me lo

aspettavo, ma ci speravo. Scusa, non sono durato tanto. È che... è passato un po' di tempo."

Sorrisi. "Ti capisco."

Rimase in silenzio per un momento. "Tu da quanto?"

"Un anno", risposi tranquillamente. "Eravamo fidanzati e stavamo per sposarci. Ma poi, beh... l'ho beccato a letto con la mia migliore amica."

Notai che Pete si irrigidiva. "Mi dispiace." Si tranquillizzò un po' e poi disse, "Credo che per me sia passato un anno o poco più. A un ragazzo pesa tanto."

Annuii. "Anche a una donna pesa tanto. Posso dirti una cosa?"

"Certo," disse Pete.

"Nemmeno io voglio che siamo amici. Non so bene cosa stia succedendo nella tua vita e so che hai una figlia che significa il mondo per te. So quanto sia importante questo legame. Ma... voglio tu sappia che sono interessata se anche tu lo sei. E il fatto che tu abbia una figlia non mi spaventa."

Pete annuì e deglutì. "Buono a sapersi. Penso che Emma già ti voglia bene. Mi stava dicendo che dovevo chiederti di uscire."

Risi. "Oh davvero? Quindi c'è qualcuno che fa il tifo per me?"

"Già. E se fosse ancora viva, avresti anche mia madre dalla tua parte. Lei ti adorava, lo sai."

Già, lo sapevo, ma non sapevo bene perché. Emily Killarny era sempre stata un angelo con me, ogni volta che ero vicino a lei e ai suoi ragazzi. Pensavo si comportasse così nei miei confronti perché non avevo una madre al mio fianco e a lei forse dispiaceva.

"È molto carino da parte tua. Tua madre era una donna meravigliosa, Pete."

"Lo era davvero."

Rimanemmo in silenzio per un po', abbracciati l'uno

all'altra mentre la brezza primaverile soffiava attraverso le porte del fienile.

"Sta cominciando a fare un po' freddo, e credo di dover tornare, altrimenti mio padre si chiederà dove sia finita. Non sia mai, chissà quali compiti dell'ultimo minuto potrebbe darmi prima di domani." Lo baciai ancora una volta prima di alzarmi per rivestirmi. "E voglio tu sappia che sto ancora cercando di capire come stanno le cose. Ci riuscirò. Voi ragazzi correrete, fosse l'ultima cosa che faccio."

R˙IPRESI le mie scarpe nel punto in cui le avevo lasciate, sotto il portico. Le pesanti porte di quercia si chiusero dietro di me quando entrai nella casa in cui vivevo da quando mio padre l'aveva costruita, dopo il divorzio. Nonostante il trauma del divorzio, avevo avuto un'infanzia bellissima. Ma adesso mi stavo ponendo tante domande su ciò che stava realmente accadendo dietro le quinte.

Entrai silenziosamente, controllandomi nello specchio del bagno più vicino per assicurarmi che non avessi del fieno tra i capelli. Ero in missione e, se fossi stata fermata, non avrei avuto nessuna voglia di rispondere a domande su dove ero stata, cosa avevo fatto o con chi lo avevo fatto. L'ultima cosa che mio padre avrebbe voluto sentirsi dire era mi ero fatta una vera e propria cavalcata nel fieno con un Killarny.

Dovevo trovare informazioni. Sapevo che erano da qualche parte, ma non avevo idea di cosa avrei cercato o da dove avrei dovuto iniziare. Mio padre era schivo di natura, ma non pensavo mi avesse deliberatamente detto una bugia. Eravamo sempre stati così affiatati, ed era difficile pensare che mi tenesse all'oscuro di qualcosa, soprattutto all'oscuro di qualcosa che sembrava infastidirlo così tanto.

C'era solo una ragione per cui l'avrebbe fatto - per

proteggermi da un tipo di verità che non voleva che io scoprissi. Ma doveva sapere che alla fine lo avrei scoperto. La verità viene sempre a galla, specialmente quando non vuoi e cerchi di impedirlo.

Aprii la porta dell'ufficio di mio padre con la chiave che teneva nascosta sopra il telaio della porta. Era buio tranne che per la lampada che teneva sempre dietro la sua scrivania. Potevo pensare a un solo posto in cui non avevo ancora cercato alcuna prova di ciò che stava succedendo con i Killarnys, e questa era la prima volta che potevo cercare in quel posto.

La sua scrivania. C'era un cassetto che teneva chiuso per la maggior parte del tempo. Avevo sempre pensato che fosse un cassetto in cui teneva degli oggetti di valore, ma poi, di nuovo, non mi aveva mai detto esplicitamente a cosa servisse. L'avevo sorpreso a frugare lì dentro nel corso degli anni, e ogni volta lo chiudeva velocemente, ma non avevo mai chiesto cosa contenesse. Ci sono delle domande che non vuoi fare ai tuoi genitori e cose che non vuoi sondare. Pensavo che se fosse stato affar mio, me lo avrebbe detto.

Ma ora le cose erano un po' diverse. Se mi stava nascondendo qualcosa o se stava facendo qualcosa di sospetto, dovevo saperlo. Avevo bisogno di sapere perché fosse così dannatamente ostinato nel non voler permettere alla famiglia Killarny di correre a cavallo nel nostro derby.

Tastai un po' le superfici intorno alla scrivania, cercando di trovare un angolino in cui pensavo potessi trovare una chiave. Se mi avesse scoperta lì, allora sarei stata nella merda, ma all'improvviso mi venne un'idea. C'era un fermacarte d'ottone che teneva sulla scrivania in ogni momento. Lo presi e lo girai.

"Sara, tutti quei dubbi che hai avuto nel corso degli anni ti hanno ripagata", sussurrai tra me e me.

Lì, sul lato inferiore del fermacarte, c'era un piccolo

pannello scorrevole. Lo feci scorrere e dentro trovai una chiave. Ed ero abbastanza sicura che aprisse il cassetto grande in fondo alla scrivania, cassetto che infatti si aprì con uno scricchiolio quando girai la chiave e tirai.

All'interno c'era un fascicolo più grande di tutti gli altri, e lo estrassi per primo. Il primo foglio all'interno era una lettera. La sfogliai abbastanza per capire che si trattava di una lettera di una donna a mio padre. Una foto cadde e atterrò sul pavimento. Allungai la mano per raccoglierla e pensai che la donna avesse un aspetto familiare, ma era una foto molto vecchia, in bianco e nero, di una donna che doveva avere circa vent'anni. Indossava il costume da bagno, era seduta a bordo piscina con un enorme sorriso sul volto.

Quando la girai e lessi il nome sul retro, capii subito di cosa si trattasse.

La foto era firmata, c'era scritto "Con amore, Emily."

CAPITOLO 9

Pete

La mattina dopo bussarono alla porta del rimorchio, ma dopo che Emma era già uscita per trascorrere la giornata con i suoi amici. Quando aprii la porta e davanti a me trovai Sara con gli occhi rossi per il pianto e un'espressione accigliata, non avevo idea di cosa aspettarmi. Mi spinse da un lato e si sedette sul mio divano.

"Buongiorno?" Dissi.

Respirò profondamente. "Perché non mi hai detto che tua madre e mio padre ebbero una relazione mentre i tuoi genitori erano fidanzati?"

Quindi aveva scoperto la verità. Avevo la sensazione che in qualche modo, in tutto quel casino, Ken Waters avesse le prove di ciò che era successo tra lui e mia madre tutti quegli anni prima, seppellite da qualche parte, ma abbastanza vicine da poterle guardare ogni volta che voleva.

"Non erano affari miei. Non volevo essere io a dirtelo perché è imbarazzante anche per me."

"Ci mancherebbe!" Urlò Sara. "E' per tua madre che i miei genitori hanno divorziato!"

Scossi la testa. "Sara, non è così. Per quanto ne so la cosa è successa prima che i tuoi genitori si sposassero."

Lei annuì. "Sì, hai ragione, ma mio padre non ha mai dimenticato tua madre. Mai. Fino al giorno della sua morte ha continuato ad avere un debole per lei... e ora... ora ecco perché non vuole che voi partecipiate. "

"Anche io penso sia questo il motivo. Mio padre mi ha parlato della loro storia, ma solo dopo la morte di mia madre. Non ci sarebbe mai riuscito quando lei era ancora in vita. Lei provava molto rimorso per quello che era successo. Mio padre e tuo padre erano migliori amici."

"Andavano a letto insieme, Pete. Tua madre andava a letto con mio padre."

Mi sedetti accanto a lei. "Lo so."

"Ma perché sono arrivati a tanto?!" Sara sembrava essere in uno stato di stordimento.

Scrollai leggermente le spalle. "Da quello che mi ha raccontato mio padre, il fatto è successo poco dopo che lui e mia madre si erano fidanzati. Un paio di mesi dopo o giù di lì. Avevano litigato pesantemente per qualcosa che lui non ricordava, e mia madre se ne andò su tutte le furie. Erano a un derby nel Kentucky e c'era anche tuo padre. Come mia madre raccontò a mio padre, che a sua volta lo raccontò a me, incontrò tuo padre, che era molto gentile e solidale e che apparentemente l'aveva sempre amata. Penso sia stata una di quelle situazioni in cui si ha un momento di debolezza e qualcuno è pronto a consolarti a braccia aperte. E poi da quel momento mia madre non tornò, mio padre non la trovò più né quella notte né il giorno dopo. In seguito si scoprì che era andata in Tennessee con tuo padre. Rimase nella tenuta dei tuoi nonni per due o tre settimane prima di tornare e di scusarsi con mio padre."

Sara scosse leggermente la testa.

"Non so come mio padre l'abbia fatto," dissi. "Voglio dire, sono contento che l'abbia superata, che sia riuscito a riappacificarsi con mia madre e quant'altro. Altrimenti, io non sarei qui. Ma non so come sia riuscito a perdonare tuo padre, Sara. Erano migliori amici e poi... è successo questo casino. Era come se tuo padre fosse disposto a buttare via quell'amicizia. Poi, anni dopo, anche se riuscivano a lavorare insieme di tanto in tanto, le cose si fecero di nuovo un po' tese. Penso sia stato quando mia madre si è ammalata. Tuo padre cercò di venire a parlare con lei, ma lei era a pezzi, e mio padre non voleva che la turbasse. Non gli permise di entrare in casa. Non passò molto tempo prima che mia madre morì. Papà mi disse che pensava che forse Ken non avrebbe preso la cosa molto bene, che avrebbe potuto provare a fare qualcosa perché mio padre gli aveva impedito di vederla fino alla fine."

"Non l'ha mai e poi mai superata, Pete. L'ha amata fino al giorno della sua morte. Sposò mia madre sapendo che era ancora innamorato di un'altra donna. Riesci a capire come mi fa sentire nei suoi confronti?! Anche quando era con mia madre, era tutta una bugia. Io sono il frutto di una bugia. Sai cos'altro ho trovato in quel cassetto pieno di lettere e foto? Ho trovato la dichiarazione di mia madre sul perché decise di chiedere il divorzio. Era perché mio padre era innamorato di tua madre. Era ancora una presenza forte, anche se lontana, in un altro stato, sposata con qualcun altro e intenta a crescere la sua famiglia."

Provai ad avvicinarmi, ma lei si allontanò, alzandosi e andando verso la porta.

"Non possiamo farlo, Pete. La situazione è troppo incasinata. Corre cattivo sangue tra noi, troppo, e io non posso andare avanti così. Avresti dovuto dirmelo. Lo sapevi, e avresti dovuto dirmelo."

Ricominciò a piangere mentre usciva dal rimorchio e tornava verso casa sua. La guardai andare via, ma non la seguii. E poi vidi Emma in piedi all'angolo della roulotte, mi osservava con gli occhi spalancati.

"Ehi, tesoro, hai dimenticato qualcosa?"

Annuì con la testa e si avvicinò al rimorchio, entrando.

"Che le prende, papà?"

"Che cosa hai sentito?" le chiesi. Non avevo intenzione di parlarle delle scappatelle di sua nonna, ma se aveva sentito, allora già sapeva.

"Tesoro, a volte ci sono cose che persino gli adulti non riescono a capire. Ci sono delle questioni in questo momento per cui sia io che Sara non riusciamo bene a fare chiarezza nelle nostre menti."

Emma guardò fuori dal finestrino della roulotte. "Penso che tu debba seguirla."

"Cosa?" chiesi guardando mia figlia.

"Papà, so che pensi di non aver fatto nulla di sbagliato. Ma Sara è arrabbiata. Non è difficile da capire. Quindi se c'è qualcosa che puoi fare per migliorare la situazione, dovresti agire. Le hai chiesto di uscire?"

"Pensavo di poterlo fare", risposi timidamente.

"Allora penso tu debba seguirla e dirle che ti dispiace. Non importa per cosa, non importa se non è colpa tua. Devi fare tutto il possibile per farla sentire meglio, in modo che possa imparare a fidarsi di te."

Scossi la testa mentre un mezzo sorriso si allargava sul mio viso. "Ma dov'è che impari tutte queste cose, piccoletta?!"

Lei sorrise. "Te l'ho detto. Guardo la TV e leggo tanto. E papà, devi tenere a mente che sono una giovane donna e so come funziona la mente delle donne."

"Oh, davvero?!" Sapevo che quel genietto mi avrebbe dato tanto da fare, ma non l'avrei mai scambiata con nessun altro per nulla al mondo.

"Sì. E Sara mi piace. Non voglio che te la lasci scappare. Qualunque cosa l'abbia turbata puoi aiutarla, vero?"

"Beh, sarò sincero tesoro, riguarda molto i suoi sentimenti. E non sono sicuro di poter cambiare il suo stato d'animo."

"Hai fatto qualcosa che l'ha fatta sentire peggio?"

Ci pensai un po'. Anche se credevo fermamente che non fosse affatto affar mio raccontare a Sara ciò che era successo tra suo padre e mia madre per un paio di settimane, più di trent'anni prima, il fatto che lo avesse scoperto attraverso una pila di lettere e foto di certo non poteva essere stato piacevole.

"Dirò questo: non ho fatto nulla per migliorare la situazione."

Emma si avvicinò e mi mise una mano sulla spalla. "Papà, penso che tu debba fare qualcosa per migliorarla se vuoi che Sara ti parli di nuovo. Se vuoi avere la possibilità di uscire con lei, dovrai scusarti."

Sorrisi e le diedi un bacio sulla fronte. "Ma come devo fare con te?! Stai diventando troppo intelligente per la tua età."

Lasciai Emma nella roulotte e andai a cercare Sara, ma lo feci invano per quasi tutta la giornata. Non sapevo dove fosse scappata, e non era il caso di andare a bussare direttamente al portone della grande casa e chiedere se potessi entrare. Non potevo rischiare di imbattermi in Ken e mettermi ulteriormente nei guai. Non vedevo quell'uomo da anni e, dopo quella conversazione fra me e Sara, avevo troppe cose per la testa. Anche se sapevo che mia madre era stata largamente consenziente in tutta la vicenda accaduta oltre trent'anni prima, ciò non cambiava la repulsione che provavo nei confronti di quell'uomo. Aveva fatto qualcosa che nessuno avrebbe mai dovuto fare. Era andato a letto con la fidanzata del suo migliore amico. I miei genitori stavano insieme da così tanto tempo che era come se fossero sposati.

Fu solo più tardi, al termine di un altro degli eventi notturni, che riuscii a trovare Sara intenta a salutare gli ospiti che uscivano di casa.

"Possiamo parlare?" chiesi spostandomi accanto a lei, in veranda. Mantenne un sorriso e continuò a salutare gli ospiti, ma alla mia domanda scosse la testa.

"Sara, dobbiamo parlare. Voglio parlarti. Per favore, dammi solo un minuto o due. Non chiedo altro."

Mi guardò male, ma alla fine si voltò per entrare e mi fece segno di seguirla, la sua gonna ondeggiava mentre lei camminava. Indossava qualcosa di ancor più bello rispetto all'outfit della sera prima, ed era incredibilmente graziosa. Ripensai a quanto fosse bella al chiaro di luna della sera prima. Ero già eccitato. La desideravo... certo, la desideravo, ma ora non era il momento di pensarci.

Mi condusse in un'altra ala della casa, ala che poco dopo scoprii essere sua.

"Bene, dì quello che vuoi dire e poi vattene."

Evidentemente non era dell'umore giusto per sentire le mie scuse, ma iniziai comunque a parlare.

"Ho parlato con Emma, e so che potresti pensare che sia ridicolo, ma a volte ascoltare i consigli di una dodicenne aiuta davvero. Spesso sa quel che dice e, anche se ha ancora molto da imparare sul mondo, la ragazzina è precoce e sono abbastanza sicuro che abbia ragione su questa situazione."

Sara alzò le mani aspettando che andassi dritto al punto. "E quindi?"

Presi le sue mani e le strinsi nelle mie. "Sono davvero dispiaciuto che le mie omissioni ti abbiano ferito. Pensavo di fare la cosa giusta tenendoti all'oscuro di tutto, ma mi rendo conto di averlo fatto soprattutto perché non volevo dire niente di sprezzante nei confronti di mia madre. Era una brava donna, ma penso che tutti abbiamo degli scheletri nell'armadio di cui non andiamo fieri. Non volevo parlarne perché me ne vergognavo. Ma comunque non era una ragione sufficiente per tenertelo nascosto, non quando stavi lavorando così duramente per permetterci di partecipare al derby. Stavi tenendo testa a tuo padre per me, e so quanto tu debba essere stata coraggiosa per farlo."

Vidi una lacrima che iniziò a scendere lungo il suo viso e allungai una mano per asciugarla. Lei mi prese la mano e se la portò alla guancia.

"So che non è colpa tua e capisco che stavi solo facendo la cosa che reputavi più giusta. È acqua passata, e tu ormai lo sai da un po' di tempo, ma io l'ho scoperto solo adesso, e sono ancora sotto shock.""

"Lo so," dissi sporgendomi in avanti per baciarla. Lei non resistette. Anzi, si aggrappò a me e mi baciò con foga. Cominciò a strapparmi i vestiti di dosso, eravamo a malapena arrivati nella sua camera da letto e già eravamo nudi.

"Scopami", mi chiese, e io non vedevo l'ora di soddisfare i suoi desideri.

Mi chinai, cominciai a baciare e succhiare i suoi seni scoperti davanti a me. Tutto il suo corpo tremava, lei sospirava profondamente, il suo desiderio era palpabile sotto le mie mani. Mi inclinai tra le sue gambe, la trovai liscia e bagnata, e volevo assaggiarla di nuovo.

Era dolce e leggermente aspra, e mentre la mia lingua si muoveva in cerchio attorno al suo clitoride la sentii tremare sotto di me, un forte orgasmo crebbe in lei mentre io usavo le mie dita per raggiungerla in profondità, trovando il punto giusto e accarezzandola fino a farla urlare ancora e ancora, finché le mie labbra non furono coperte dai suoi liquidi. Solo allora affondai il mio cazzo dentro di lei, tutto quanto, fino in fondo. Era stretta e, Dio, così bagnata; mi ci volle tutto il mio autocontrollo per evitare di esplodere dentro di lei in un sol colpo. Lei gemeva e gridava sotto di me, le sue dita si massaggiavano il clitoride mentre la scopavo con colpi ponderati e decisi.

"Sei mia," dissi in piedi sul bordo del letto, col suo culo sporgente mentre le stringevo le cosce e la cavalcavo. La osservai allungare l'altra mano per accarezzarsi i capezzoli, e quella vista era quasi irresistibile. "Sei così fottutamente sexy, Sara. Dimmi quando vuoi che venga." Gemetti mentre tentavo di trattenermi. "Sono così vicino."

I miei fianchi spingevano come impazziti, con le palle che le schiaffeggiavano il culo.

"Fottimi," gridò lei, e quelle parole mi furono sufficienti: la riempii, il mio sperma gocciolò fra noi, nel punto in cui eravamo uniti. Rimasi sollevato sopra di lei e la osservai gemere e contorcersi sotto di me.

"Ho bisogno che tu lo faccia qualche altra volta stanotte, Pete. Promesso?"

"Promesso," dissi prendendola tra le mie braccia e baciandola forte.

CAPITOLO 10

Sara

Il mattino seguente mi svegliai con Pete Killarny ancora nel mio letto, le sue dita tra le mie gambe e il suo cazzo contro la mia schiena. Sapevo cosa aveva in mente, e sarei voluta rimanere e assecondarlo, ma l'avevamo già fatto così tanto la sera prima che oggi non ero sicura di poter camminare.

E oggi era il giorno in cui avevo tantissime cose da fare. Era il giorno del derby e sapevo che Pete doveva tornare dalla sua famiglia.

"Ehi, " dissi scacciandolo scherzosamente. "Oggi entrambi dobbiamo andare a fare delle cose."

Mi girò dal suo lato e mi baciò, gemendo e muovendo il suo corpo sopra il mio.

"Già, io ce l'ho un posto dove andare" mi sussurrò all'orecchio. "Nel profondo della tua dolce figa."

Risi e cercai di respingerlo, ma mi stava ricoprendo di

baci e carezze. Mi arresi soltanto per due minuti, lo lasciai scendere verso il basso, per farmi leccare e sditalinare fino ad un incredibile orgasmo, prima che insistessi sul fatto che dovevo entrare in doccia.

Quando uscii dal bagno lui non c'era più, ma trovai una nota lasciata in un paio di mutandine sul mio letto.

C'era scritto "Non indossare nessuna di queste oggi", e decisi di stare al gioco. Risi mentre mi vestivo, chiedendomi cos'altro avrei imparato su Pete Killarny nei giorni a venire, ma sapevo che, prima di poter iniziare a pensare al futuro, quel giorno c'era tanto altro da gestire.

E la prima cosa che dovevo fare era l'ultima che avrei voluto fare. Non volevo nemmeno pensarci, ma sapevo di essere l'unica persona al mondo che oggi avrebbe potuto impedire a mio padre di continuare coi suoi piani, qualunque cosa essi fossero.

Finii di prepararmi. Vestita di tutto punto, andai nell'ufficio di mio padre, dove speravo di trovarlo.

Lui era lì e, come qualche sera prima, stava rovistando nello stesso cassetto.

"Papà?"

Alzò lo sguardo e chiuse il cassetto, mostrandomi un sorriso. "Buongiorno tesoro. Stavo per uscire per dare un'ultima occhiata al prato. Il nostro avvocato a breve sarà qui, e ha tutte le carte in regola. Le consegneremo ai Killarnys, e questo basterà ad eliminarli dal derby." Cominciò a dirigersi verso la porta, ma alzai la mano.

"Papà, perché non ti siedi? Dobbiamo farci una bella chiacchierata."

"Tesoro, so che pensi che non sia niente. Ma davvero, non possiamo avere gente così attorno a noi se è coinvolta in attività illegali."

"Papà." Mi fermai e lo fissai finché non si sedette sulla sua sedia. Rimasi in piedi. "So di Emily Killarny."

Sembrava perplesso. "Cosa intendi?"

"Il cassetto. So cosa c'è dentro. Mi dispiace per aver rovistato fra le tue cose, ma dovevo sapere cosa stesse accadendo. Sapevo che non poteva trattarsi di ciò che avevi detto a me, e volevo scoprire quale fosse il vero motivo che ti spingeva a tenerli fuori dal nostro derby."

Lui scosse la testa. "Non avresti dovuto rovistare fra le mie cose."

"Mi dispiace tanto di averlo fatto. Ma adesso lo so, papà. So della faccenda, e so che tu e la mamma non avete potuto portare avanti il matrimonio perché tu eri ancora innamorato di Emily."

Chiuse gli occhi per un bel po' prima di riaprirli e sbattere le palpebre. "Non hai idea di cosa significhi guardare la persona che hai amato più di chiunque altro al mondo allontanarsi e sposare qualcun altro."

"Davvero, papà? Davvero credi che io non possa capirti? Ti ricordi che un anno fa ho trovato il mio fidanzato a letto con la mia miglior amica? Si sposeranno fra due mesi. Penso di avere una vaga idea di come ci si possa sentire. L'unica differenza è che tu hai dormito con quella che poco dopo sarebbe diventata la moglie del tuo migliore amico. Non sei la vittima, quindi non parlare come se lo fossi. Sei tu che hai fatto allontanare la mamma."

Rimase in silenzio.

"La storia finisce qui", dissi in tono autoritario. "Discorso chiuso. Hai detto che Terrance sta per arrivare con dei documenti? Chiamalo e digli di fermarsi."

Mio padre si accigliò e alzò la voce. "Non sei tu quella che prende le decisioni qui."

"No, non sono io, e so che non tengo le redini della situazione tanto quanto te, ma papà, te lo giuro, se non lo fermi, se non fai partecipare i Killarny, allora uscirò fuori di qui e abbandonerò per sempre tutta la tua attività. Hai perso tua moglie perché sei caduto in questa merdosa storia di gelosia e in qualche stupida faida. Vuoi perdere anche tua figlia?"

I suoi occhi erano bassi, attesi una sua risposta. Alla fine, con un tono più dolce di quello che ero abituata a sentire da mio padre, disse: "Va bene, lo chiamo".

Sgattaiolai fuori sotto il sole del mattino e indossai il cappello bianco a tesa larga con un fiocco nero in testa. Guardai il mio riflesso in una delle finestre per assicurarmi che fosse dritto, poi mi diressi verso la pista.

Invece di starmene seduta al solito box dove ero cresciuta in compagnia di mio padre, cercai il box della famiglia Killarny. Lì, fra tutti gli altri box, li trovai tutti a urlare e gridare, con Emma nel mezzo del gruppo. Avvicinandomi con cautela, mi diressi verso di loro e venni accolta da Alex.

"Ma guarda chi si rivede, la piccola Sara Waters. Beh, ora non è più piccola, vero?" Disse lui facendomi l'occhiolino, e io, passando accanto a lui, alzai gli occhi con un sorriso, tenendomi il cappello in modo da non accecare nessuno. Sorrisi avvicinandomi a Pete.

"È un piacere rivederti," dissi, e ci scambiammo uno sguardo d'intesa. "Ed è un piacere anche rivedere te, Emma!" gridai sopra il fragore della folla che stava davvero iniziando a fomentarsi.

"Hai fatto giusto in tempo!" disse Emma.

Pete mi prese per un braccio e mi tirò a sé. "Tutto bene?"

Annuii, sporgendomi per parlargli all'orecchio. "Ci ho parlato, e lui non ne era molto contento, ma i programmi che aveva per voi sono stati annullati. Non ci sarà un avvocato, e il tuo cavallerizzo non avrà problemi."

"Che cosa gli hai detto?" Chiese, guardandomi con stupore.

"Gli ho detto che se non avesse fatto correre il cavallo di Killarny, avrebbe perso una dipendente molto importante... me."

Gli occhi di Pete si spalancarono. "Davvero?! E cosa avresti fatto se te ne fossi davvero andata e se lui avesse scoperto il tuo bluff?"

"Prima cosa, non era un bluff. Seconda cosa, ho pensato che tu potessi assegnarmi una posizione che potrei ricoprire alla tenuta Killarny."

Pete sorrise e mi sussurrò all'orecchio: "Già, ne ho in mente una o due".

Ci concentrammo sui cavalli, la folla stava diventando assolutamente selvaggia. I cavalli erano fuori, e tutti guardavamo quello dei Killarny, Clement, sorridendogli mentre correva, i suoi lunghi passi veloci lo facevano avanzare rapidamente davanti agli altri. Sembrò accadere tutto in un batter d'occhio e Clement tagliò il traguardo con un vantaggio di due secondi pieni prima di qualsiasi altro cavallo.

Il box dei Killarny si scatenò, tutti i fratelli gridavano e urlavano. Io, nel complesso, mantenni una certa compostezza, ma non potei fare a meno di lanciare un piccolo urlo.

Pete mi tirò a sé e mi baciò sulle labbra, poi mise l'altro braccio intorno a Emma. "Ecco un'altra vittoria dei Killarny! Ed ecco le mie signorine preferite!"

Guardai Emma, aveva un sorriso particolarmente consapevole per una ragazzina della sua età. Sorrisi e mi appoggiai a Pete, grata per aver avuto una seconda possibilità con l'uomo che era stato il mio primo bacio.

LIBRI DI JESSA JAMES

Cattivi Ragazzi Miliardari
La sua segretaria vergine

Fammi tremare

Brutalmente Sbattuta

Papino

Il Patto delle Vergini
Il Professore e la Vergine

La Sua Tata Vergine

La Sua Sporca Vergine

Club V
Lasciati andare

Lasciati domare

Implorami

Come amare un cowboy

Come tenersi un cowboy

ALSO BY JESSA JAMES (ENGLISH)

Bad Boy Billionaires

Lip Service

Rock Me

Lumberjacked

Baby Daddy

The Virgin Pact

The Teacher and the Virgin

His Virgin Nanny

His Dirty Virgin

Club V

Unravel

Undone

Uncover

Cowboy Romance

How To Love A Cowboy

How To Hold A Cowboy

Beg Me

Valentine Ever After

Covet

L'AUTORE

Jessa James è cresciuta negli Stati Uniti, sulla costa orientale, ma è sempre stata affetta da una grande voglia di viaggiare.

Ha vissuto in sei stati, ha svolto tanti lavori ma è sempre tornata dal suo primo vero amore – la scrittura. Lavora a tempo pieno come scrittrice, mangia troppa cioccolata fondente, ha una dipendenza da caffè freddo e patatine Cheetos, e non ne ha mai abbastanza di maschi Alpha e sexy che sanno esattamente cosa vogliono – e non hanno paura di dirlo. Uomini dominanti, Alpha da amore a prima vista, sono i protagonisti delle storie che ama leggere (e scrivere).

Iscriviti QUI per la Newsletter di Jessa:
https://bit.ly/2xIsS7Q

www.ingramcontent.com/pod-product-compliance
Lightning Source LLC
LaVergne TN
LVHW011847060526
838200LV00054B/4205